이천 일의
휴가

이천 일의 휴가

Italia Toscana Photo Essay

피렌체의 마법에 빠진 시간들

김예름 글·사진

CHALET Travel Book

'Italiam non sponte sequor.'
'It is by divine will not my own that I pursue Italy.'

Virgil, Aeneid, Book 4

나의 의지가 아닌,

그 무언가의 높은 힘에 이끌려

난 이곳, 이탈리아에 오게 되었다.

CONTENTS

단 한 번도 살게 될 거라고 상상하지 않은 도시, 이탈리아 피렌체. 핀란드에서 2년간의 유학을 마치기 전에 에라스무스Erasmus 프로그램 (유럽의 교환학생 프로그램) 기회를 놓치기 아까워 한국에 돌아오기 전에 잠깐 들른 곳이 피렌체였다. 지금 생각해보면 납득할 만한 이유는 전혀 없었지만 핀란드 유학 막바지에 직감적으로 이탈리아에 가야겠다는 생각이 들었던 것이다.

그때는 이탈리아에 대해 아는 것도 전혀 없었고 차오Ciao, 이탈리아어로 '안녕'이라는 말조차 알지 못했다. 하지만 마음 깊은 곳에 거부할 수 없는 직감이 느껴질 때, 나는 그것을 따르는 편이다.

그래, 이탈리아에 가보자.

지원해서 갈 수 있는 곳이 딱 한 군데, 바로 피렌체의 국립 미술원이었다. 이탈리아에 가본 적 없던 내게 피렌체는 처음 듣는 생소한 도시였다. 그렇게 그저 가고 싶은 마음 하나로 피렌체에 오게 되었다.

—

피렌체에 도착한 첫날,
비행기에서 내려 게이트 밖으로 나왔을 때
나를 맞아준 따뜻한 공기를 잊을 수가 없다.

피렌체 역사 지구에 도착해서 한 걸음 디딘 순간
마음이 진정으로 평온했다.
마치 내가 있어야 할 곳에 온 듯했다.
내가 알지 못하는 나의 고향에 온 듯 편안했다.

이탈리아어는 하나도 배우지 않은 채로 왔고,
문화도 모르고, 아는 사람 없이 완전히 혼자였지만
난 다시 직감적으로 느꼈다.

나는 이곳에 살게 될 것임을.

얼마 동안, 어떻게, 왜
이런 질문과 대답들은 중요하지 않았다.

처음으로 한 국가, 한 도시와 사랑에 빠졌다.

—

피렌체에 있으면서 산만했던 마음이 안정되었고
곳곳에서 영감을 받았고
좋은 사람들을 자연스럽게 만나게 되었다.

피렌체에 흐르는 사랑의 에너지 덕분에
나는 평생의 동반자를 이곳에서 만났다.

피렌체에 도착한 첫날 이 도시와 사랑에 빠졌던 것처럼
그 역시 만난 첫날 사랑에 빠졌다.
사랑을 시작하니 사랑으로 보답받게 되었다.

사랑하는 사람과 오랜 시간 함께하면서
내 인생에서 가장 중요한 또 다른 존재,
반려견 피오레를 만났다.

피렌체에 살면서 사랑하는 것들을 얻었다.
아니, 진실대로 말하자면
사랑할 줄 아는 사람이 되어갔다.

내가 사랑하는 도시,
내가 사랑하는 사람,
내가 사랑하는 동물,

그리고 마지막 하나가 남았다.

바로 나와의 사랑.

나 자신을 사랑하는 것,
나 자신과의 관계 말이다.

슬프게도
피렌체와 단숨에 사랑에 빠진 것처럼,
운명적으로 연인인 파니를 만난 것처럼,
반려견 피오레가 내 인생에 들어온 것처럼

나와의 사랑은
그렇게 쉽지 않았다.

하지만
피렌체의 두오모,
피렌체의 성당,
피렌체의 광장,
피렌체의 사람들,
피렌체의 음식,
피렌체의 와인 덕분에

나는 하루하루 더 나은 사람이 되어가고 있는 중이다.
하루하루 더 피렌체를 닮아가고 있는 중이다.

FOOD & PLEASURE

o

맛의 기쁨

피자는 다이어트의
적이 아니다

한국에 있을 때 나는 다이어트를 위해 안 해본 식이요법이 없었다. 항상 열량을 계산했고 저녁에는 무조건 금식하려 애썼다. 단것은 절대 먹지 않았다. 하지만 먹고 싶은 것을 참다 못 견뎌 폭식으로 이어지곤 했다. 아무리 애써도 살은 계속 쪘고 그런 자신을 자책하며 폭식이 반복되었다.

피렌체에 온 후부터 나는 내 삶의 '블랙리스트'였던 음식들을 매일 마음껏 먹고 산다. 아침부터 크림이 듬뿍 들어간 코르네토Cornetto(버터를 듬뿍 넣어 만든 달콤한 빵)를 먹고, 점심으로 파스타 한 접시를 비운 후 간식으로 와인과 치즈, 저녁엔 피자 한 판도 혼자서 거뜬히 해치운다. 믿기 어렵겠지만, 피렌체에 와서 가장 큰 변화는 이렇게 먹고도 날씬해졌다는 것이다. 한국에서 원했던 이상적인 몸무게가 된 것은 물론, 건강한 몸까지 이곳 피렌체에선 아무런 노력 없이 이룰 수 있었다. 기적 같은 일이 일어난 것이다. 미워하던 음식과 '화해'를 하고 마음 편히 즐기며 먹기 시작하면서부터다. 나의 이런 극적인 변화만으로도 이탈리아의 마법은 증명된 셈이 아닐까.

미식의 나라,
끝없는 열정

한국에서 내가 먹었던 양에 비하면 이탈리아 사람들은 나보다 적어도 세 배는 더 먹는다. 이렇게나 많이 먹는데 사람들은 날씬하고, 건강하며 무엇보다 기품이 넘친다. 처음 이탈리아에 왔을 때 날씬한 여자들이 혼자서 무려 피자 한 판을 아무렇지 않게 뚝딱 해치우는 것을 보고 깜짝 놀랐다. 이곳에서는 데이트를 하면서도 내숭 없이 정말 맛있게 음식에 푹 빠져 식사를 즐기는 모습을 어렵지 않게 볼 수 있다. 게다가 동네 바에서 치즈와 프로슈토Prosciutto(소금에 절인 돼지고기 슬라이스로 이탈리아 전통 햄)가 듬뿍 들어간, 내 손바닥의 두 배가 넘는 파니노Panino(일종의 샌드위치)를 뚝딱 해치우는 어여쁜 소녀들이라니. 진정 미식의 나라에 와 있음을 실감했다.

　　식사 양만 많은 것이 아니다. 이탈리아 사람들은 대부분 두세 시간이 넘도록 천천히 식사를 즐긴다. 이들의 전형적인 식사는 안티파스토Antipasto(전채요리)로 시작된다. 보통 치즈와 프로슈토 혹은 브루스케타Bruschetta(구운 빵에 토마토, 바질, 올리브 등을 섞은 양념을 얹은 에피타이저)로 먼저 입맛을 돋운 후 파스타 혹은 리소토로 첫 번째 코스를 시작한다. 두 번째 코스는 첫 번째 코스보다 더 묵직하다. 오븐에 구운 돼지고기나 쇠고기, 닭고기, 토끼 고기 등의 육류나 생선 요리 중에 고를 수 있다. 이 모든 음식에 와인은 언제나 빠짐없이 함께한다.

　　메뉴를 듣기만 해도 배가 부르지 않은가? 하지만 아직 쉬어서는 안 된다. 식사를 끝낸 후에는 디저트를 즐길 시간이다. 티라미수Tiramisu, 토르타 디 논나Torta di Nonna(할머니가 만든 케이크라는 뜻으로 이탈리아 전통 디저트), 판나 코타Panna Cotta(차갑고 단단하게 뭉친 달콤한 크림) 등이 대표적인 디저트다. 여기서 끝난 게 아니다. 식사의 마무리에 빠질 수 없는 것이 바로 커피다. 에스프레소 한 잔까지 깔끔하게 마셔야만 제대로 이탈리아식 식사를 마친 것이라 할 수 있다.

첫 번째 코스로 나온 파스타 한 접시만 먹어도 배가 부른 나에게 이탈리아식 식사는 거의 신세계에 가까웠다. 그들의 문화를 배우고자 여러 번 과식을 했던 탓에 배탈이 난 적이 한두 번이 아니다. 파스타와 고기를 먹고 난 후 쉴 새 없이 몰아치는 달달한 디저트와 에스프레소라니. 세상 모든 종류의 음식들이 한꺼번에 위로 들이닥치니 처음에는 식사를 마치고 나면 몸을 가누기조차 힘들었다. 그럼에도 이탈리아 사람들과 저녁 식사를 하면서 파스타만 하나 시키는 것은 절대 있을 수 없는 일이다.

이탈리아 친구와 이곳 사람들의 음식에 대한 유별난 열정에 대해 이야기한 적이 있다. 피자로 유명한 남부 나폴리 출신인 그녀는 "맞아, 우리나라 사람들의 공통 관심사는 음식이야! 음식에 대한 이야기로 하루를 시작하고, 하루 종일 요리를 하고, 다음 식사에 대한 이야기로 하루를 끝맺곤 하지!"라며 웃었다. 이것이 진정한 이탈리안 스타일, 특히 남부 스타일이라고 귀띔해주었다.

그녀는 항상 사람들과 음식과 관련된 대화를 나누고 매일 요리를 즐긴다. 그럼에도 마르지도 통통하지도 않은, 누가 봐도 건강미가 느껴지는 그녀를 보며 어떻게 그럴 수 있는지 궁금할 따름이다. 우리에게 다이어트의 적이라고 알려진 악명 높은 파스타, 피자, 젤라토를 일상적으로 먹고도 뚱뚱하지 않다니! 아마도 그건 이탈리아 사람들의 '건강하고 세련된' 음식에 대한 열정 때문이리라.

세계 어느 곳에서나

맛있는 음식, 좋은 레스토랑 이야기는

끊임없이 넘치지만

음식 그 자체,

그리고 요리에 대해 대화가 끊이지 않는 나라는

이탈리아가 유일할 것이다.

요리 중심의
라이프스타일

내가 경험한 이탈리아의 음식 문화는 단순히 먹고 즐기는 것을 넘어 영혼을 성숙시켜 주는 의식에 가깝다. "좋은 것을 먹지 않고서는 좋은 인간이 될 수 없고, 음식을 만드는 과정과 함께하는 시간을 즐기지 않고서는 좋은 삶을 살 수 없다."는 일상의 철학이 깊게 배어 있다. 단순히 건강한 음식을 먹고 건강한 몸을 유지하는 차원이 아닌, "음식이 어떻게 인간의 행복에 도움을 줄 수 있을까?"라는 철학적인 질문에 너무나 간단하고 낭만적인 정답을 주는 것이 바로 이탈리아 음식 문화였다.

지금 나는 여느 이탈리아 사람들처럼 파스타와 리소토 정도는 금세 만들어낼 수 있다. 원래 요리를 잘했던 것이 아니다. 이탈리아에 온 후 '자연스럽게' 요리를 할 수 있게 되었다. '무엇을 먹을까' 하는 즐거운 고민에서부터 농부가 직접 재배한 싱싱한 재료들을 사서 다듬고 준비하기까지 요리의 모든 과정을 진심으로 즐기게 되었으니까. 마늘을 까고, 토마토를 자르며 감자 껍질을 벗기는 순간순간이 즐거운 명상 시간으로 다가왔다. 무엇보다 요리하는 일은 성급하고 두서없는 나의 성격을 차분하게 만들어주었다.

　　나에게 이탈리아의 요리 철학을 처음으로 가르쳐준 친구는 페루
자 Perugia (이탈리아 중부의 도시) 출신의 루카다. 루카는 나에게 이탈리아 정
통 카르보나라를 만들어주고 주말엔 피렌체의 가족 식당으로 유명한 사
바티노에 데려가 준 고마운 친구다.

　　"아빠가 신선한 재료를 직접 고르고, 엄마가 요리하는 걸 어릴
때부터 보고 자라온 경험이 나를 요리할 줄 아는 남자, 그것도 꽤 잘하는
남자로 만들어준 것 같아. 토마토를 직접 만져보고 냄새 맡으면서 어떤
게 내가 하려는 요리에 맞을지 직관적으로 알게 되고, 바질을 직접 키우
면서 어떤 것이 좋은 향인지를 자연스럽게 배우게 되었지. 어릴 때 어깨
너머로 본 레시피를 따라 하기도 하고, 변형도 해보고, 결국 새로운 나만
의 요리를 창조하기도 하고. 나뿐만 아니라 우리나라 모든 남자들은 이
렇게 요리를 배울 거야."

그의 말에 따르면 이탈리아에서 요리를 잘한다는 것은 절대 자랑거리가 아니라고 한다. 요리는 특별한 기술이 아니라, 모두가 하는 일상적이고 자연스러운 일이기 때문이다. 일요일이면 온 가족이 점심 준비에 시간과 정성을 쏟는 모습을 보고 자랐기에 자연스럽게 요리와 음식 그리고 식사 시간이 인생에서 가장 중요한 것임을 깨닫게 되었다고 한다.

평범할 수 있는 일상을 하나의 라이프스타일로 승화시킨 그들의 품격과 문화가 존경스럽다. 음식과 이런 긍정적인 관계를 맺고 있는데, 어떻게 그 음식을 먹으면서 건강하지 않을 수 있겠는가.

쉽고 간단하게 만드는
이탈리아 현지 파스타 레시피

알리오네 Aglione

재료와 조리법이 아주 간단하지만 맛있는 토스카나 전통 파스타 요리. 토스카나 지방의 발 디 키아나Val di Chiana에서 나는 커다란 마늘을 '알리오네'라고 부르는데, 그 마늘을 많이 넣은 파스타라는 의미다. 어떤 레드 와인과도 잘 어울리는 파스타이지만, 굳이 꼽으라면 토스카나의 키안티Chianti 와인 혹은 시칠리아의 네로 다볼라Nero d'Avola 와인와 함께 즐기기를 추천한다.

예상 소요 시간 | 약 30분

재료 | 스파게티면(다른 종류의 파스타도 가능) 250g, 마늘 6조각, 토마토 500g, 올리브유 4큰술, 향료(바질, 파슬리, 오레가노, 후추 등) 2큰술, 가는 소금(소스용) 1/4작은술, 굵은 소금(파스타 용) 1큰술

1 마늘을 잘게 썬다.

2 팬에 올리브유를 두르고 마늘을 볶는다.

3 마늘이 노릇노릇해질 때쯤 잘게 썬 토마토를 넣고 같이 볶는다. (기호에 따라 토마토를 살짝 데쳐 토마토 껍질을 벗겨도 된다)

4 바질, 파슬리, 로즈마리, 오레가노, 후추 등의 향신료를 넣어 소스에 풍미를 더한다. (기호에 따라 소금을 조금 넣어도 된다)

5 소스를 만드는 동안 스파게티면을 삶을 물을 끓인다. 한소끔 끓으면 굵은 소금을 넉넉히 넣고 면을 넣는다.

6 스파게티면에 안내된 시간보다 1분 정도 일찍 꺼낸다. (이탈리아 현지인들은 푹 삶은 면보다 약간 덜 익은 듯 씹는 맛이 느껴지는 알덴테Al Dente 스타일을 선호한다)

7 면을 채에 올려 물기를 제거한 후 소스가 담긴 팬에 옮겨 30초 정도 볶는다.

8 파스타를 접시에 담으면 완성. 위에 로즈마리 잎을 올리거나 파마산 치즈 가루를 뿌려도 좋다.

앞치마를 입은
매력적인 남자들

이탈리아 사람들, 더욱이 남자들의 요리 실력은 정말 대단하다. 길거리에서 아무 남자나 붙잡고 "요리 할 줄 알아요? 잘해요?"라고 물어보면 백에 백은 예스라고 말하고, 실제로 그들의 음식을 먹어보면 결코 그 말이 과언이 아닐 정도니까.

나폴리 출신인 비토리오는 내가 만난 첫 나폴리 친구이다. 외국 사람들이 생각하는 전형적인 이탈리아 남자 분위기에, 길을 걸어가면 여자들이 한 번은 훑어볼 정도의 대단한 외모를 가졌다. 개인적인 생각이지만, 이탈리아 남자의 함정은 자신들이 잘생겼다는 것을 너무나 잘 안다는 거 아닐까. 자신의 매력에 흠뻑 취해 사는 이 남자는 부엌에만 가면 어떤 여자들보다 더 프로페셔널하게 변한다.

어쩌다가 내가 집에 들르면 비토리오는 화이트 와인 한 잔과 물
소 우유로 만든 원조 모차렐라 치즈를 예쁘게 썰어 내어주곤 했다. 배가
고프다고 하면 부엌으로 들어가 익숙한 손놀림으로 팬에 올리브유를 두
르고 마늘과 고추를 총총 썰어 알리오올리오 파스타를 뚝딱 만들어주는
남자라니, 완벽하지 않은가. 외모만 보면 태어나서 단 한 번도 제 손으로
음식을 만들어보지 않았을 것 같은데, 거의 모든 이탈리아 남자에게 이
정도는 기본이라는 것을 알게 된 후 이탈리아 요리에 대한 호기심은 커
져만 갔다.

이탈리아에서도 특히 남부 지방 사람들의 음식과 요리에 대한 열정은 정말 대단하다. 밀라노 사람들이 패션에 열광하는 정도로는 부족하다. 남부 지방 사람들의 피는 더 열정적이고 강렬하다. 실제로 나의 첫 하우스 메이트이자 처음으로 가정식 이탈리아 요리를 소개해준 친구 알렉시오도 역시 남부 출신이다. 이탈리아 최남단인 시칠리아 섬 출신인 그는 파스타를 요리할 때면 항상 2-3인분은 더 만들어 나에게 권하곤 했다. 어쩜 그렇게 능수능란하게 요리를 잘하는지.

한국에서 '이탈리아' 하면 떠올리는 모든 파스타를 알렉시오 덕분에 섭렵했다. 토마토 파스타, 크림 파스타, 오일 파스타…. 우리나라에서는 이렇게 간단하게 칭하지만 이곳에서는 소스뿐만 아니라 파스타 면 종류, 함께 들어가는 재료에 따라 각기 다른 이름이 붙는다.

파스타라고 하면 스파게티만 떠올렸던 나는 알렉시오를 통해 파스타의 종류가 약 삼백 가지가 넘고 소스 역시 재료에 따라 수십 가지로 달라져서, 한 달 동안 매일 다른 파스타를 먹을 수도 있다는 것을 배웠다. 또한 우리나라에서 내게 파스타는 레스토랑에서 꽤 높은 금액을 내고 먹는 음식이었지만, 이탈리아에 온 후로는 가장 쉽고 간단하게 만드는 일상적인 요리가 되었다. 피렌체에 머물면서 운 좋게 남부 친구들을 많이 만나 이탈리아 음식 문화의 진수를 경험한 것은 내게 최고의 행운이었다.

저녁의 문을 여는
아페리티보

내가 만약 혼자였다면 이탈리아 음식 탐험은 무척 외롭고 어려운 일이었을 것이다. 그래서 피렌체에 온 지 얼마 되지 않았을 때 미국인 친구 타일러를 만난 건 나에게 축복과 같았다. 발티모어 출신인 그는 음식과 요리에 관심이 많고 성격도 섬세해서, 함께 있으면 끝없이 수다를 떨 수 있는 드문 남자였다.

피렌체에서 3개월 동안 머무를 예정인 타일러의 목표는 이탈리아어를 배우고 이탈리아 식문화를 경험하는 것이었다. 어학원에서의 첫 만남 후 우리는 자연스럽게 매일 만났다. 매일 다른 바와 레스토랑을 다니며 이탈리아 음식 순례에 나섰다. 끊임없이 음식에 대해 얘기하고 '먹방'을 찍다시피 하며 피렌체에서 유명하다는 레스토랑은 빠짐없이 다닌 듯하다. 물론 우리가 양식을 매일 먹으면 질리듯이, 타일러도 매일 이탈리아 음식을 먹을 수 있는 건 아니었다. 그가 미국의 베이글이 그립다며 투정을 부리면 미국인이 운영하는 베이커리에 가서 베이글, 크림치즈와 아메리카노를 함께 즐기는 것도 나의 몫이었다.

타일러는 음식에 관해서 식견이 대단했는데, 어느 날 꼭 해야 할
일이 있다며 수업 시간에 알게 된 이탈리아 아페리티보^{Aperitivo}를 경험해
보자고 했다. 잠깐 머물다 가는 여행객들은 절대 알지 못하는, 하지만 꼭
경험해봐야만 하는 식사 문화가 바로 아페리티보이다.

아페리티보는 저녁 식사의 문을 여는 간단한 핑거 푸드를 의미한다. 그런데 이것이 하나의 문화가 되어 색다른 저녁 식사 스타일이 되었다. 한두 가지 핑거 푸드가 확장되어 거의 모든 바에서 칵테일 혹은 와인 한 잔을 시키면 다양한 파스타와 피자를 뷔페 형식으로 즐길 수 있다.

아페리티보가 이탈리아 젊은 사람들 사이에서 선풍적인 인기를 끌고 있는 이유는 음료 한 잔 값을 내면 모든 음식들을 다양하게 즐길 수 있기 때문이다. 나 역시 금요일 혹은 토요일 저녁이면 친구들과 좋아하는 바에 가서 음료 한 잔을 주문하고 바에 놓인 여러 음식들을 맛본다. 원하는 만큼 먹을 수 있기 때문에 이것이 하나의 저녁 문화로 자리 잡은 것이다.

아페리티보를 즐길 때 빠져서는 안 되는 것이 바로 이탈리아 국민 드링크 '스프리츠Spritz'이다. 이탈리아의 젊음을 대표하는 칵테일이라고 해도 과언이 아니다. 한 모금 들이켜보니 스프리츠는 정말 어디에서도 맛본 적 없는 특별한 맛이다. 오렌지 맛이 나는 이탈리아 술인 아페롤Aperol이 주재료로, 달콤쌉싸름한 맛이 어떤 음식에도 잘 어울리는 11도 정도의 식전주인데, 바의 모든 젊은 친구들이 이 칵테일을 마시고 있을 정도다. 지금은 나도 여름 한낮에 목이 마르면 바에 들어가 자연스럽게 스프리츠 한 잔을 시킬 정도로 즐기게 되었다.

이탈리아를 여행하면서 연이은 파스타와 피자에 질렸다면, 무엇보다 매번 50유로가 넘는 레스토랑 금액을 지불하는 것에 부담을 느낀다면 한번쯤은 바에 가서 아페리티보를 경험해보라고 권하고 싶다. 6~7유로로 다양한 파스타와 이탈리아 요리를 맛볼 수 있는 건 물론 이탈리아 사람들이 어떻게 주말 저녁을 보내는지 경험할 수 있을 테니 말이다.

피 렌 체 에 서
현 지 인 처 럼
아페리티보 즐기기*

Soul Kitchen 소울 키친

Via de' Benci 34R

피렌체에서 젊은 친구들에게 가장 인기 있는 아페리티보 바. 그
들의 아지트인 만큼 관광객들에게는 잘 알려져 있지 않아 오직 현지인들
만 있다. 서툰 이탈리아식 영어를 쓴다는 어려움이 있지만 제대로 된 피
렌체 아페리티보를 맛보고 싶다면 꼭 가보길.

Kitsch Deux 키쉬 데욱스

Via S. Gallo 22R

이탈리아 음식의 대향연을 맛보고 싶다면 키쉬를 추천한다. 피렌
체에서 가장 다양한 음식들을 자랑하는 것은 물론이고 맛도 좋다. 단 10
유로를 내면 다섯 가지 이상의 피자와 파스타, 고기 요리, 야채 요리 등
모든 것을 맛볼 수 있다. 평일과 주말 모두 인기가 많아 자리를 잡는 데
어려움이 있으니 저녁 7시에 맞춰서 갈 것.

Quelo 퀠로

Borgo Santa Croce 15R

건강을 위한 채식 아페리티보 바. 이탈리아 콩 요리가 주이고 다
양한 채소가 나온다. 가격도 다른 바의 절반으로, 가볍게 채식하고 싶은
날을 위한 바이다.

Le Murate 레 무라테

Piazza delle Murate

피렌체 역사 지구를 살짝 벗어난 곳에 있는 레 무라테는 대학생
과 예술가가 가장 사랑하는 곳이다. 오래전 감옥이었던 곳을 개조해 바
겸 문화 공간으로 새롭게 만들었다. 매일 전시나 영화 상영이 끊이지 않
고 여름에는 마당에서 라이브 공연이 펼쳐진다.

CAFE & WINE

o

커피와 와인

에스프레소 없는
아침은 없다

이탈리아의 아침은 바에서 커피와 달콤한 빵으로 시작된다. 이탈리아 사람들은 하루를 활기차게 시작할 수 있는 나만의 바를 찾아 매일 아침 그곳에 들른다. 바리스타와 소소한 이야기를 주고받거나 바에서 만나는 동네 주민과 휴가나 날씨에 대해 이야기하는 것이 이곳의 일상적인 풍경이다. 5분 정도 되는 짧은 시간이지만 이탈리아 사람의 아침에 활력을 불어넣어 주는 중요한 의식이나 다름없다.

처음에 나는 이탈리아의 카페 문화에 꽂혀 모든 바를 찾아 다녔다. 트립어드바이저에 소개된, 관광객들에게 유명한 경치 좋고 비싼 고급 바부터 현지인들만 갈 것 같은 허름하고 오래된 전통 이탈리아 바까지, 피렌체 역사 지구에 있는 바를 전부 다 가봤을 정도다. 그 덕분에 아침을 가장 행복하게 시작할 수 있는 '나만의 바'를 찾았고 지금까지도 그 일상은 계속되고 있다.

매일 아침 베키오 다리를 건너 두오모를 향해 걸으면 그곳에 도착하게 된다. 좋아하는 사람에게만 살짝 알리고 싶은 '나의 그곳'은 레퍼볼리카 광장의 파스코프스키Paszkowski 바이다. 수많은 이탈리아 사람들 사이에서 내가 그들과 똑같이 주문을 하며 자연스럽게 아침을 맞이하고 있다는 사실이 때로는 신기하게 느껴진다. 한국에 있을 땐 내 입맛에는 써서 못 마셨던 에스프레소가 이탈리아에서는 정말 고소하고 맛있다. 하루에 다섯 잔도 거뜬히 마시는 이곳 사람들을 보면서 '커피는 역시 이탈리아!'라는 말을 다시금 인정하게 된달까.

갓 내린 진한 에스프레소 한 잔을
어떤 날은 바에 기대어 서서,
어떤 날은 테이블에 앉아 여유 있게 즐기며
피렌체에서의 아침을 시작한다.

단테가 건넜던 베키오 다리를 건너면서
아르노 강을 바라보고
새로운 다짐을 하며
하루를 시작할 수 있다는 것.

지금 이 순간에 감사하고 또 감사하게 된다.

피 렌 체 에 서
현 지 인 처 럼

토박이들이 사랑하는 카페들*

Paszkowski 파스코프스키

Piazza della Repubblica 31-35R

피렌체 현지인들의 아침을 책임지는 카페. 1903년에 처음 문을
연 이곳은 이탈리아 문학가들에게 오랫동안 영감을 주는 장소였다. 현재
까지 피렌체의 카페 문화를 완벽하게 보존해온 공을 인정받아 1991년
에 이탈리아 문화재로 지정되었다. 밝고 친절한 바리스타들의 환대를 받
으며 전형적인 이탈리아 고급 카페의 분위기를 느낄 수 있다. 파스코프
스키에서는 아침마다 직접 굽는 크루아상을 꼭 맛보아야 한다. 케이크와
페이스트리도 놓치지 말아야 할 추천 메뉴다.

Un Caffe 운카페

Via Cesare Battisti 2

두오모 성당에서 5분 거리에 있지만 관광 명소들의 반대편에 위치하고 있어 여유롭고 인심 좋은 카페 문화를 즐길 수 있다. 영화 〈냉정과 열정 사이〉의 배경이 된 아눈지아타 광장 끝에 자리 잡은 이곳은 웅대한 건축 양식과 아기자기한 노란 색채의 조화로 무심코 지나치는 사람들의 시선을 붙잡는다.

Golden View 골든 뷰

Via de' Bardi 58R

베키오 다리를 건너 아르노 강을 따라 걷다 보면 누구나 한 번씩 은 홀깃 쳐다보고 가는 모던한 바 겸 레스토랑. 전통 카페들과 달리 심플하고 럭셔리한 느낌을 준다. 이 카페에서 꼭 경험해야 할 것은 미뇽Mignon 이라고 불리는 작은 케이크다. 티라미수부터 블랙베리 미뇽까지 열 가지가 넘는 디저트를 매일 만든다. 베키오 다리와 아르노 강이 보이는 뷰는 덤이다.

Pitta M'ingoli 피타 밍골리

Piazza Santo Spirito 17

2012년에 생긴 후로 지금까지 전형적인 이탈리아 바의 모습을 간직하고 있는 카페. 네 개의 작은 테이블이나 바에 옹기종기 앉거나 서서 현지인처럼 커피를 마실 수 있다. 직접 만든 아침 식사용 파이와 채식 크루아상에서 정성이 느껴진다. 커피 가격을 80센트로 고수하고 있는, 방문객들을 진심으로 반갑게 맞아주는 곳이다.

테이블 vs
바

이탈리아 바 문화의 특이한 점은 바에서 커피를 마시는 가격과 테이블에서 즐기는 가격이 다르다는 것이다.

이탈리아 사람들은 대부분 바에 서서 바리스타를 마주한 채 커피를 후딱 마시고 간다. 보통은 카운터에서 주문과 계산을 마친 후 그 영수증을 가지고 바에 가서 바리스타에게 다시 주문을 하고, 바에 서서 바리스타가 내려주는 커피를 마신다. 그럴 경우 커피 가격은 1~2유로로, 믿기 어려울 정도로 저렴하다.

하지만 만약 테이블에 앉아서 커피를 마신다면 전혀 다른 이야기가 된다. 자리세와 서비스비가 포함된 금액이 적용되어 최소 5유로 이상은 훌쩍 넘어선다. 사실 한국에서 매일 지불하는 커피 값에 비하면 그리 비싼 편도 아니다. 어쨌거나 깔끔하게 차려입은 웨이터의 서비스를 받으며 두오모 혹은 시뇨리아 광장의 풍경을 즐기는 건 관광객들의 특권이다.

그래서 이탈리아를 처음 방문하는 사람이 나에게 어떻게 커피를
즐겨야 하느냐고 물어보면, 가격은 조금 비싸더라도 한 번쯤 피렌체 중
앙의 고급 카페 테이블에 앉아 커피와 멋진 풍광을 함께 즐겨보라고 추
천한다.

하지만 이탈리아 커피 맛에 빠져 하루에 네다섯 번은 커피를 즐기고 싶다면 이탈리아 현지인처럼 바에서 마시라고 말해준다. 직접 주문을 해보고, 이탈리아 사람들 사이에서 진짜 이탈리아 커피 문화를 즐길 수 있으니 말이다. 세계에서 가장 맛있는 커피를 만든다는 이탈리아 바리스타를 눈앞에서 볼 수 있는 것도 오직 바에서만 즐길 수 있는 경험이다.

이탈리아에서
아메리카노를 찾는 사람들

한국 사람들이 이탈리아 여행을 하면서 가장 목말라하는 것이 바로 '아메리카노'일 것이다. 실제로 이탈리아에는 아메리카노라는 커피가 존재하지 않는다. 아메리카노는 말 그대로 미국 군인들이 개발한 커피인 것이다. 이탈리아 사람의 눈에는 에스프레소에 그저 물만 탔을 뿐인 이 '밍밍한' 음료는 이탈리아에서 감히 커피라고 인정되지 않았다. 커피라는 음료를 처음 만들어낸 사람들이 그 변종인 아메리카노를 인정하는 것 자체가 난센스일 것이다.

그럼에도 불구하고 지금 이탈리아에는 변화의 바람이 불고 있다. 아메리카노를 원하는 관광객의 수요가 상상을 넘고 있기 때문이다. 결국 관광지 근처의 카페들은 아메리카노를 메뉴에 포함시키고야 말았고, 현지 카페들은 아메리카노를 시키면 에스프레소 한 잔과 따뜻한 물을 따로 주는 융통성을 발휘해야 했다. 그럼 고객이 직접 커피에 물을 따라서 아메리카노로 만들어 마셔야 하는 재밌는 상황이 벌어진다.

아무리 커피에 있어서
콧대가 높은 이탈리아라고 해도
관광 수입으로 움직이는 나라이기 때문에
관광객의 요구에 점점 관대해지고 있다.

그럼에도 불구하고
나는 이탈리아를 여행하는 사람들에게
이곳에 머무는 동안만큼은
이탈리아의 정통 에스프레소를
경험해보라고 권하고 싶다.

와인을 마시며
인생을 배우다

'고맙다, 이탈리아.
덕분에 내가 이렇게 좋은 와인을 마시고 있어.
네 덕분에 와인에 대해,
그리고 인생에 대해
정말 많이 배웠어.
고마워, 이탈리아.'

외국 생활을 시작한 첫 해에 나는 동네 슈퍼마켓에 가서 아무 와인이나 사 와 혼자 홀짝거리며 스물다섯 번째 생일을 처량하게 보냈다. 싸구려 와인으로 스스로를 위로하며 그렇게 유학 생활을 시작했다.

올해 내 생일에 나는 이탈리아에서 가장 좋은 와인으로 꼽히는 바롤로Barolo(이탈리아 피에몬테 지역에서 생산되는 와인. '와인의 왕'이라고 불리운다)를 마시고 있다. 시간이 흐르는 동안 좋은 와인을 고르는 안목을 갖게 된 것이다. '아, 생애 최고의 와인이다.' 바롤로를 한 모금 마시자 황홀감과 함께 힘들었던 순간들이 눈 녹듯 사라지는 기분이다.

　　이탈리아에서 와인은 국민 드링크라고도 할 수 있다. 저렴한 것부터 놀랄 만큼 비싼 것까지 가격대가 다양하고 모든 사람이 쉽게 즐길 수 있는, 기호품보단 필수품에 가까운 술이다. 나는 매일 4~6유로 정도의 키안티 클라시코Chianti Classico나 네로 다볼라Nero d'Avola 와인을 사서 파스타와 함께 마시고, 일주일에 한 번 정도 15~20유로 정도의 볼게리 Bolgheri나 발폴리첼라Valpolicella 와인을 사서 친구들과 함께하며, 특별한 날에는 바롤로Barolo나 아마로네Amarone 와인을 30유로 이상 주고 구입하곤 한다.

　　이탈리아 사람들에게 와인을 즐기는 행위는 예술을 즐기는 것이나 다름없다. 깊고 풍부한 와인이 만들어지기까지의 과정은 종종 인생에 비유되기도 한다. 이렇게 이탈리아에서 와인은 단순한 음료 이상의 의미를 가진다.

토스카나 와인을
경험하다

이탈리아 와인에 있어 중요한 점은 지역마다 생산하는 와인이 확연히 달라서 골라 마시는 재미가 있다는 것이다. 내가 살고 있는 토스카나 주에서 유명한 와인은 키안티 지역에서 생산하는 키안티 클라시코와 세계적으로 유명한 와이너리 사시카이아의 볼게리 와인이 있다.

또한 토스카나에서 가장 아름다운 지역으로 꼽히는 두 지역인 몬탈치노Montalcino, 몬테풀치아노Montepulciano에서 생산하는 브루넬로 디 몬탈치노Brunello di Montalcino와 노빌레 디 몬테풀치아노Nobile di Montepulciano 와인도 있다.

이 중 브루넬로 디 몬탈치노는 토스카나 지역 와인의 왕으로 꼽히며 전체 이탈리아 와인 중에서도 맛이나 품질에서 최고로 인정받는 와인이다. 토스카나 여행을 해본 사람이라면 두 지역의 비옥함과 생기발랄함을 보면서 왜 이곳에서 최고의 와인이 생산되는지 느낄 수 있을 것이다.

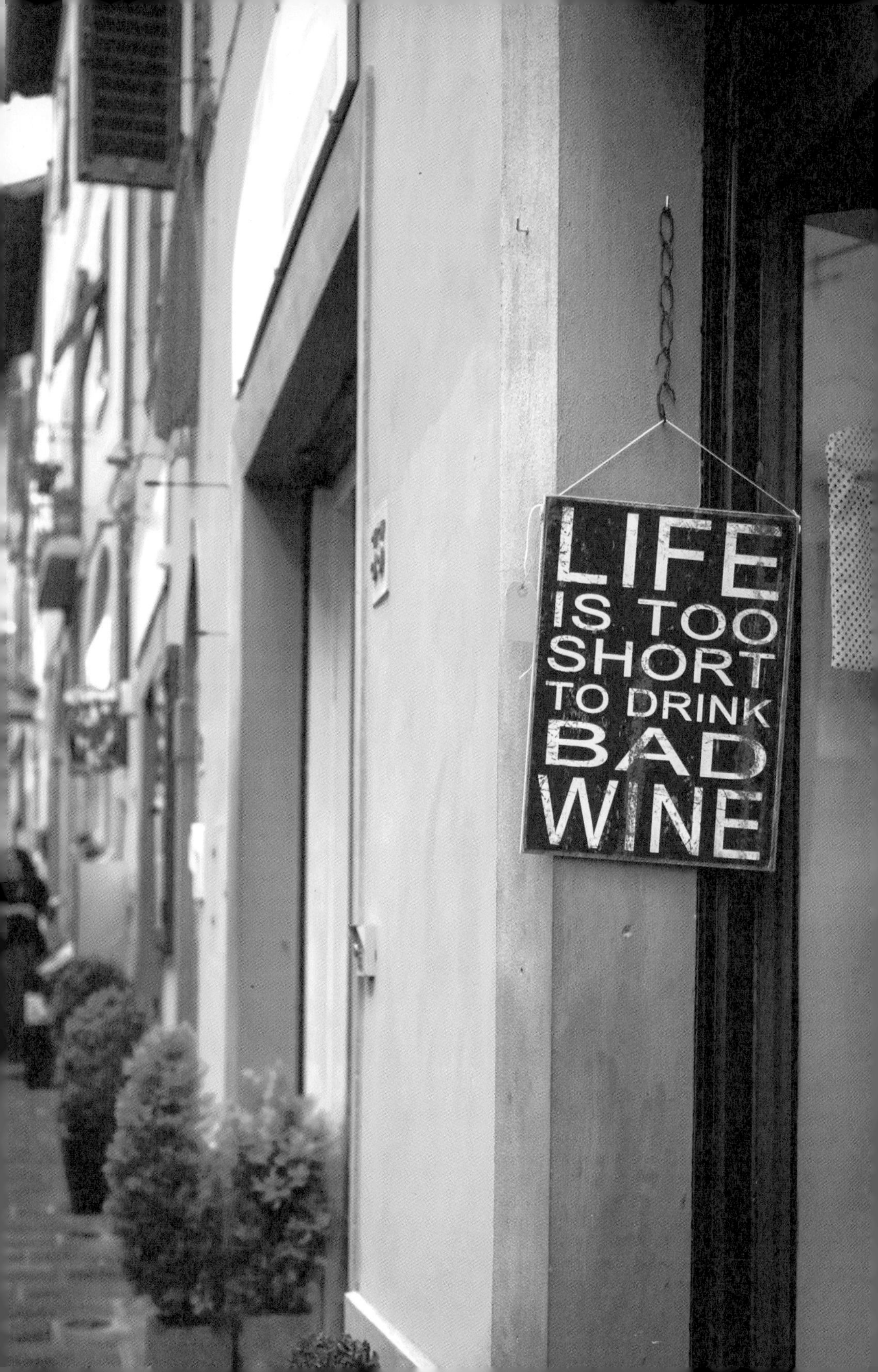
LIFE
IS TOO
SHORT
TO DRINK
BAD
WINE

이탈리아 사람들은 일상적으로 마시는 와인과 특별한 날에 마시는 와인을 구분하곤 한다. 피렌체에서 아주 쉽게 일상적으로 마실 수 있는 와인은 키안티 클라시코이다. 피렌체의 레스토랑에 가면 와인 메뉴의 맨 위에 자리 잡고 있는 것이 키안티 클라시코일 정도다. 물론 이 종류에도 여러 개의 레벨이 있지만 대체로 어떤 음식과도 어울려서 쉽게 마실 수 있고 저렴한 가격의 와인이 많다. 매일 점심 식사 때 한두 잔씩 하기에 부담 없는 토스카나의 대표적인 와인이다.

반면에 브루넬로 디 몬탈치노나 노빌레 디 몬테풀치아노는 특별한 날을 위한 와인이다. 물론 개인 차이가 있겠지만 병당 최소 20유로가 넘는 브루넬로 디 몬탈치노를 매일 마시는 일 자체가 많은 사람들에게 현실적으로 어려운 일이기도 하다. 가격 외에도 이탈리아 사람들이 매일 마시는 와인과 특별한 날에만 마시는 와인을 구분하는 이유는 또 있다.

무엇보다 와인을 구분하는 이유는
특별한 와인을 일상적으로 소비하게 되면
그 와인만이 갖는 특별한 마법이
사라지기 때문이다.

토스카나 남부의 꽃
몬탈치노와 몬테풀치아노

토스카나 남부 지역은 이탈리아 사람들은 물론이고 다른 유럽 사람들의 발걸음이 끊이지 않는 곳이다. 특히 몬탈치노와 몬테풀치아노의 위상은 가히 대단하다. 인터넷에 토스카나를 검색해보면 엽서에서나 보았을 만한 풍경이 펼쳐지는 곳이 바로 이 두 지역이다. 언덕 도시로 유명한 이곳은 마치 유럽의 영화 한 장면을 보는 듯한 풍경을 자랑한다.

얼마 전 토스카나 마레마Maremma 지역의 와이너리에서 만난 독일 가족과 토스카나에 대해 대화할 기회가 있었다. 실제로 토스나카 지역의 잘 알려지지 않은 작은 마을을 여행할 때면 항상 독일 사람들을 만나곤 했는데 왜 그렇게 많은 독일 사람들이 찾아오게 되었는지 궁금했던 터였다. 그들은 토스카나의 아름다움을 입이 마르도록 칭찬했다.

독일 부부는 독일인에게 '이탈리아' 하면 가장 먼저 떠오르는 곳이 사이프러스 나무, 올리브 나무, 포도밭이 가득한 시골 풍경인데 토스카나야말로 그 환상을 거의 완벽하게 재현해주는 지역이라고 했다. 또한 독일 문학의 거장인 괴테가 이탈리아를 여행하면서 쓴 《이탈리아 기행》이 독일 사람들의 토스카나 사랑에 크게 기여했다고 한다.

만약 이탈리아를 여유롭게 여행할 계획이 있다면
그 어떤 곳보다 토스카나 전원 지방을 적극 추천한다.

끝없이 펼쳐지는 풍요로운 전원의 모습은
이탈리아의 어떤 유명 도시에서도 만날 수 없는
특별한 풍경을 선물해준다.

이 지역을 여행하는 데 필요한 것은
오직 마음의 여유와
와인을 마실 수 있는 건강한 상태뿐이다.

토스카나 전원 지역에 대한 이야기와 정보는 이 책의 마지막 파트에서 상세하게 다루겠지만, 그곳에 간다면 드라이브 도중 만나게 되는 와이너리에 틈틈이 들러 시음을 하고 식사 시간이 되면 레스토랑에 가서 그 동네 음식을 맛보기를 권한다. 굳이 인터넷에서 맛집을 검색할 필요는 없다. 우연히 마주치는 로컬 식당도 실패할 확률이 거의 없기 때문이다. 내가 직접 경험해보았기에 자신 있게 말할 수 있다. 내가 최고로 손꼽는 이탈리아 식당들은 대부분 그런 전원 지방을 여행하다 만난 곳이다. 그런 식당에 들어서면 대개 온 가족이 작은 규모로 식당을 운영하고 있고, 특히 할머니가 주방을 책임지는 모습을 쉽게 볼 수 있다.

토스카나 시골에 머무를 때만큼은 스마트폰을 끄고 풍경에 흠뻑 젖어보기를 권한다. 그러다 보면 나도 모르게 할머니가 정성스럽게 만들어주는 토스카나 홈메이드 음식을 경험할 수 있을 것이다.

베네치아 와인 바에서 만난
장인 할아버지

배움에는 단계가 있다고 했던가. 토스카나 와인에 대해 어느 정도 지식이 생겼을 무렵 문득 다른 지역의 와인들이 궁금해졌다. 마침 그때는 베네치아를 여행할 때였다. 어디를 가도 정신없이 쏟아지는 관광객들에 지쳐 일부러 아무도 가지 않을 것 같은 허름하고 한적한 골목길로 들어섰다.

운하 도시로 잘 알려진 베네치아는 도시의 어디에 가도 그림 같은 풍경이 펼쳐진다. 길을 따라 마음 내키는 대로 걸으니 내가 원하던 특별한 느낌의 동네가 나타났다. 동네 현지인들이 한가롭게 산책을 하고 있는, 아드리아 해를 따라 끝없이 이어지는 노천 카페들. 이제야 베네치아의 매력을 제대로 느낄 수 있을 것 같아 심장이 쿵쾅쿵쾅 뛰었다.

그때 한 작은 와인 바가 내 눈에 들어왔다. 관광지의 여느 레스토랑과는 다른 기품 있는 분위기가 느껴졌다. 분위기에 이끌려 안으로 들어갔더니, 머리가 새하얀 할아버지가 와인을 따르고 계셨고 관광객이 아닌 동네 주인들이 편안하게 자리 잡고 있었다. 이곳에서 와인을 마셔봐야겠다는 생각이 들었다.

그런데 웬걸. 메뉴를 받아 보니 단 한 번도 들어보지 못한 와인들이 가득했다. 이럴 때면 참 난감하다. 어느 정도 예상은 했지만, 들어본 와인 이름이 메뉴에 단 하나도 없을 때 느껴지는 당혹감과 주저함. 용기를 내어 어눌한 이탈리아어로 주인 할아버지께 좋은 와인 한 잔 추천해주실 수 있느냐고 물었다. 환한 미소와 함께 "Molto volentieri!(흔쾌히!)"라는 답이 돌아왔다. 할아버지는 망설임 없이 앞에 놓인 노란색 병을 골라 잔에 따라주셨다.

알고 보니 할아버지는 와인에 대한 자부심과 열정이 대단한 '와인 장인'이었다. 이탈리아에서 잘 알려지지 않은 좋은 와인들을 발굴하는 일, 그러니까 대규모 와이너리에만 익숙한 사람들에게 정직하고 건강한 철학을 가진 소규모 와이너리의 와인을 소개하는 게 인생의 큰 즐거움이라며 이탈리아 남자답게 웃었다. 그런 할아버지를 보며 예상치 못한 와인 장인과의 만남에 흥분을 감출 수 없었다. 와인에 대한 지식과 취향이 인생의 경험에 비례한다면 할아버지가 추천해주신 와인은 정말 좋은 와인임에 틀림없을 테니까.

그렇게 해서 처음으로 마시게 된 와인이 스판나Spanna였다. 한 모금 마셨을 때 지금까지와는 전혀 다른 새로운 와인 세상이 열렸다. 와인에 무지한 나조차도 구별할 수 있을 만큼 토스카나에서 마셨던 와인과는 완전히 다른 느낌이었다. 입안에서 향이 사라지기 전에 다른 와인과 어떻게 다른지, 무엇보다 이 와인과 어울릴 만한 음식이 어떤 것일지 할아버지와 열정적으로 이야기를 풀어나가기 시작했다. 전문적인 지식은 없었지만 와인과 사랑에 빠져 온 감각과 마음으로 그 맛을 간직하고자 했던 필사적인 노력이었다.

스판나 와인에 흠뻑 빠져 이 와인의 병을 보여주실 수 있느냐고 물었다. 할아버지는 흔쾌히 병을 보여주셨고 병에 자그만한 쓰인 글씨를 모두 카메라에 담을 때까지 기다려주셨다.

내가 마신 와인은 2010년 클레리코 마시모Clerico Massimo가 생산한 코스테 델라 세시아 스판나 Coste della Sesia Spanna 와인이었다. 그 자리에서 부리나케 노트북을 열고 검색해보았더니 역시나 고급 와인답게 소규모로만 생산되고 와이너리를 통해 직접 구매만 가능했다. 긴 문구 중에 피에몬테Piemonte 지방의 와인이라는 것이 눈에 띄었다.

와인 애호가나 전문가들에게 피에몬테에 대한 이야기는 한 권의 책으로 써도 부족할 만큼 중요한 지방이다. 피에몬테는 이탈리아의 서북부 지방으로 스위스, 프랑스와 국경을 맞대고 있으며 우리에게 익숙한 토리노가 주도이다. 이탈리아어로 다리를 뜻하는 피에디Piedi, 산을 뜻하는 몬타냐Montagna가 합쳐진 이름처럼 피에몬테는 알프스 산맥의 다리에 위치하고 있다. 이탈리아뿐만 아니라 세계적으로 인정받는 바롤로, 바르바레스코Barbaresco 와인 등 최고의 와인들이 생산되는 지방이라는 것은 익히 들어 알고 있었다.

피에몬테는 전 세계에서 최고 혹은 두 번째로 꼽히는 포도 품종인 네비올로Nebbiolo가 유일하게 생산되는 지역이기도 하다. 그래서 미국이나 호주 등에서는 이 와인을 접할 기회가 상대적으로 적어 희소 가치가 정말 높다. 세계 최고의 소믈리에들은 피에몬테의 네비올로를 최고의 와인으로 꼽는다.

와인에 흠뻑 빠져 있던 나의 호기심은 더 커져갔다. 이것이 이탈리아 사람들이 말하던 와인의 힘인가. 와인 한 잔으로 시작된 대화는 더욱 친밀하고 깊어졌다. 나는 어눌하고 짧은 이탈리어로 용기를 내어 와인에 대한 여러 질문들을 했다. 전문적인 지식이 하나도 없어 참 유치한 질문들일 텐데도 불구하고 할아버지는 귀찮은 기색 없이 친절하게 설명해주셨다. 와인 바를 떠나면서도 그냥 헤어지기엔 너무 아쉬워 기념사진 한 장을 찍고 이곳에 꼭 다시 오겠다는 인사를 하며 나섰다.

조용한 동네에 오직 동네 사람들만이 오갔던 그곳은 지금 베네치아에서 가장 인기 있는 와인 바로 꼽힌다. 트립어드바이저의 리뷰는 날로 늘어만 가고 가게는 전 세계에서 온 관광객들로 항상 붐빈다. 이후에 다시 한 번 할아버지를 뵙기 위해 찾아갔는데 할아버지 대신 아드님이 가게를 보고 계셨다. 손님이 너무 많아진 덕분에 요새는 모든 가족이 이 가게를 맡고 있다고 했다.

내가 초창기에 그 와인 바를 발견한 건 아주 행운이었다. 잠깐이었지만 와인에 대한 열정을 지펴준 인연을 만난 것은 운명과도 같았다. 아쉽게도 지금 그곳에 가면 예전 같은 로컬 분위기나 소박한 낭만은 느낄 수 없다. 대신 바 안은 물론 밖으로 길게 늘어선 줄이 그 인기를 실감하게 한다. 이제는 나만의 와인 바라고 부를 수 없게 되었지만, 그래도 많은 사람들이 영혼이 담긴 이탈리아 와인을 경험할 수 있다는 사실에 위안을 삼고는 한다.

최고의 관광지이기에 어찌 보면 가만 앉아서도 쉽게 돈을 벌 수 있는 사람들. 그 속에서 할아버지 같은 장인들 덕분에 이탈리아는 여전히 관광지로서의 굳건한 위치를 지키고 있다. 만약 할아버지가 여느 평범한 베네치아의 와인 바처럼 대충 알려진 유명한 와인으로 돈을 버는 일에만 집중했다면 지금의 인기와 높은 평판은 누리기 힘들었을 것이다. 와인 장인인 할아버지 덕분에 좋은 와인을 마셨고, 짧았지만 인생의 한 면을 배웠다. 관광객이 줄어드는 한겨울의 베네치아라면 할아버지와 다시 한 번 잔을 기울이며 대화를 나눌 수 있지 않을까.

Al Squero 알 스퀘로
Dorsoduro 943-944, Venezia

베네치아의 숨은 명소에서 지금은 베네치아에 가면 꼭 가봐야 할 장소가 되었다. 바로 앞에 운하가 있어 전경 또한 멋진 곳. 와인뿐만 아니라 요리도 뛰어나니 긴 대기줄을 기다릴 수 있다면 최고의 경험을 할 수 있을 것이다.

모스카토
다스티의 도시

와인과 사랑에 빠진 나에게 운명은 나를 계속해서 와인과 이어주었다. 한국 문화에 관심이 많아 친해진 이탈리아 친구 지미는 아스티 Asti라는 작은 도시에 살고 있었다. 내가 제노바에 간다는 말에 자기 집에서 제노바는 멀지 않으니 시험을 마치고 그곳에 놀러오라고 했다. 새로운 곳을 여행할 설렘에 아무 준비 없이 도착한 곳이 아스티이다. 그곳은 정말 아담하고 귀여운 동화 같은 도시였다.

　　소도시지만 나름의 활력이 있어 즐겁게 구경하고 있는데, 특이한 점 하나를 발견했다. 거리에 있는 거의 모든 가게들이 똑같은 종류의 와인을 진열하고 있었다. 자세히 보니 한국 사람들에게도 너무나 익숙한 와인, '모스카토 다스티'였다. 한국에서 이탈리아 와인 중 독보적으로 판매량이 높다는 달콤한 화이트 와인. 나 역시 한국에 살 때 특별한 날이면 친구들과 모여 모스카토 다스티를 마시곤 했다. 와인에 대해 전혀 몰라도 실패할 확률이 없는 화이트 와인이었으니까.

　　모스카토 다스티의 알파벳이 뭔지 자세히 보니 Moscato d'Asti. 내 머리는 재빨리 얼마 전에 어학원에서 배운 문법을 더듬었다. d'라는 뜻은 영어로 from, 그 뒤 Asti는 지역 이름. 그렇다면 아스티에서 나온 모스카토 와인이라는 뜻! 앗, 내가 지금 모스카토 다스티의 도시에 와 있는 거였다!
　　한국에서 그렇게 유명한 와인의 도시에 나도 모르게 와 있다니! 그제서야 나는 지미에게 "여기가 정말 모스카토 다스티가 탄생한 곳이야? 이렇게 작은 곳에서?"라고 물었다. 이렇게 작은 도시에서 전 세계적으로 소비량이 많기로 유명한 모스카토 다스티 와인의 수요를 감당하고 있다니, 정말 믿을 수가 없었다.

특별한 랜드마크 없이 작고 귀엽게만 느껴졌던 도시가 새삼 다르게 다가왔다. 뜻도 모르고 즐겨 마셨던 와인을 이곳에 와서야 제대로 알게 되었고 무엇보다 그 생산 도시에 와 있다는 것이 신기했다. 이제서야 아스티에 도착한 첫날부터 지미가 왜 포도밭 투어를 시켜주었는지 이해가 되었다. 아마도 지미는 내가 자신의 고향 아스티가 모스카토 다스티의 생산지라는 것을 이미 알고 있을 것이라고 생각했겠지.

아스티를 떠나며 큰 경험을 선사해준 지미와 강렬한 포옹을 했다. 물론 내 양손에는 피렌체에 돌아가 친구들에게 나눠줄 모스카토 다스티가 여러 병 들려 있었다. 기차에 올라타 아스티 역을 떠나면서 여러 감정이 교차했다. 내가 유일하게 알고 좋아하는 와인의 도시를 경험했다는 설렘과 뿌듯함, 작은 도시에서 조용히 벌어지고 있는 세계적인 와인 생산, 작은 시골임에도 와인 생산 덕분에 높아질 수밖에 없는 삶의 질, 농업에 종사하는 사람들을 예우하고 존중하는 이탈리아의 문화…. 그리고 이 모든 것에 대한 경이로움과 부러움, 무엇보다 이 도시를 경험한 것에 대한 감사함 때문이었다.

좋은 와인을 고르는 안목은
인생의 경험에 비례한다

와인을 쉽게 본다면
비쌀수록 맛과 향이 좋다는 게
일반적인 상식이라고 생각할 것이다.

하지만 항상 그렇지만은 않다.
좋은 와인을 고르는 것은
인생의 경험에 비례한다고 볼 수 있다.

와인을 고르는 한 가지 팁이라면, 에노테카 Enoteca (와인을 전시하고 구매할 수 있는 장소)에 들러보는 것이다. 한낮에 와인 바나 에노테카에 잠깐 들러 와인 한 잔을 마시는 것은 피렌체에서 배운 문화이다. 에노테카에서 판매하는 와인은 소믈리에가 직접 선택한 것이기 때문에 슈퍼마켓에서 병으로 사는 와인보다 가격과 품질이 훨씬 높다. 확실한 건 와인 이름이 같더라도 슈퍼마켓에서 사는 와인은 품질이 떨어진다는 것. 상식적으로 생각해봐도 대규모로 생산해서 유통하는 와인의 질은 높을 수가 없다.

같은 종류의 와인이라도 생산자나 와이너리에 따라 맛이나 품질이 많이 다르다. 와인 바를 운영하는 사람은 비교적 좋은 와이너리를 많이 알고 있기 때문에 선택의 폭이 넓겠지만, 나처럼 평범한 사람들은 그러기가 쉽지 않으니 좋은 바에서 한잔을 마시고 나면 그 이름과 와이너리를 기억해두었다가 나중에 똑같은 와인을 찾아보려 한다. 하지만 경험상 같은 종류의 와인은 쉽게 찾을 수 있지만 동일한 와이너리는 전문적인 와인 가게나 와이너리에 직접 연락을 하지 않고는 찾기 힘들었다.

결국 나의 와인에 대한 경험과 지식은 이탈리아 전 지역을 돌아다니고 새로운 와인을 마셔보면서 쌓인 것이다. 어디에 가든 나는 그 지역의 좋은 와인은 꼭 마셔보고 싶었다. 모르는 와인 리스트가 보이면 어떤 와인인지 꼭 물어보고 마셔보았다. 보통은 먼저 와인에 대해 공부를 한 다음 시음을 해본다고 하는데 나는 완전히 그 반대였다. 특별한 와인을 마셔본 다음 인터넷 검색을 통해 혹은 와인 바의 소믈리에에게 직접 물어보면서 와인에 대해 알아가게 되었다.

그렇게 발로 뛰며 와인을 만나온 덕분에 지금 와인은 내 식탁 위에 당연한 풍경처럼 놓이게 되었고, 일상에서 빠질 수 없는 가장 중요한 존재가 되었다.

피 렌 체 에 서
현 지 인 처 럼
추천하는 와인 바와 와인 가게*

Enoteca Fuori Porta 에노테카 푸오리 포르타

Via del Monte alle Croci 10

산 니콜로^{San Niccolo} 동네에 있는 에노테카. 피렌체에서 가장 좋은
와인 컬렉션을 자랑하기에 메뉴에 있는 와인 중 어느 것을 골라도 실패
확률이 거의 없다. 이탈리아 최고 와인이라 손꼽히는 아마로네, 바롤로
등 북부 지역의 와인도 맛볼 수 있다. 피렌체 시내를 내려다볼 수 있는 미
켈란젤로 광장에 올라가는 길에 위치해 있기 때문에 야경을 본 후 이곳
테라스에 앉아 간단한 치즈 요리와 와인을 즐기면서 로맨틱한 하루를 보
내길 추천한다.

Enoteca Bonetti 에노테카 보네티

Via Vincenzo Gioberti 68R

피렌체 토박이들 사이에서 최고로 꼽히는 와인 가게. 와인을 병이 아닌 통에 담아 판매하던 시절인 1934년에 오픈했으며, 그때에도 최고의 와인만 판매하는 동네의 유일한 와인 가게였다. 와인에 대한 깊은 지식과 열정이 삼대에 걸쳐 전해지고 있다. 역사 지구에서 떨어진 베카리아 광장Piazza Beccaria이라는 주민 지역에 자리 잡고 있어 현지인들의 발길이 끊이지 않는다. 관광 책자에는 나와 있지 않지만 와인에 대해 잘 아는 현지인과 이야기를 할 때면 이곳은 빠지지 않고 언급된다. 와인에 대해 잘 모르더라도 좋은 와인을 사고 싶다면 이 가게를 놓치지 말기를.

RED 레드

Piazza della Repubblica 26-29

이탈리아 최대 서점 브랜드인 펠트리넬리Feltrinelli에서 오픈한, 시내 정중앙에 위치한 북카페 겸 바이다. '읽고Read, 먹고Eat, 꿈꾸는Dream'이라는 이름으로 사람들에게 지적인 여가를 제공한다. 브랜드 명성답게 좋은 와인 컬렉션을 가지고 있으며, 그 시기에 가장 좋은 품질의 와인을 선보인다. 이탈리아 북부에서 남부에 이르는 다양한 종류의 와인을 한 잔에 5~7유로에 마실 수 있다.

PART 3

Bottega & Tradition

。

보태가로 이어지는 전통

젊은 수공예
장인들

장인이라는 뜻의 마에스트로Maestro라는 단어는 한 분야에서 최고의 경지에 오른 장인을 뜻한다. 우리나라에서 유행했던 드라마 '시크릿가든'의 현빈이 자신의 트레이닝복을 '이탈리아 장인이 정성스럽게 한 땀한 땀 만든 명품'이라고 표현했던 것을 기억하는가. 드라마에서는 유머스럽게 표현했지만, 실제로 피렌체 장인의 모습을 완벽하게 설명한 것이다.

이탈리아의 매력 중 하나는 장인이 만들어낸 수공예품일 것이다. 흔히 '장인'이라고 하면 나이 든 사람을 떠올리지만, 이탈리아에는 장인의 경지에 오른 젊은 수공예가들이 참 많다.

20대 초반의 풋풋하고 매력적인 예술가 파비오는 아침부터 오후까지 올리브 나무를 친구 삼아 작업에 몰두한다. 그의 공방에는 포크, 나이프부터 연필꽂이까지 나무로 만들 수 있는 거의 모든 작품들이 진열되어 있다. 어린 나이에 작은 공간에서 자신만의 작품 세계를 구축하고 있는 모습이 신기하고 대견했다. 내가 "당신은 올리브 나무 장인이군요!" 하고 감탄하니 장인이라는 호칭에 놀랐는지 머리를 긁적이며 아직 갈 길이 멀었다고 대답한다.

젊은 수공예가의 삶. 이곳 피렌체에서 그의 삶은 어떨까. 무엇보다 우리나라와는 달리 젊은 사람이 수공예에 인생을 바칠 수 있는 사회 분위기가 매력적이다. 그들의 가치관과 라이프스타일에 대한 순수한 호기심 때문이었을까. 우연히 인연이 닿은 내 또래 친구들은 거의 손으로 예술을 하는 친구들이 많다. 그들 덕분에 피렌체에는 수공예를 천직으로 가지고 있는 사람들이 참 많다는 걸 알게 되기까지 오랜 시간이 걸리지 않았다.

피 렌 체 에 서
현 지 인 처 럼
피렌체 장인이 만든 수공예품 즐기기[*]

보르고 산 프레디아노 Borgo San Frediano

피렌체 예술가의 거리. 보르고Borgo라는 이름은 중요한 거리 앞에
붙는 이름인데 산 프레디아노는 피렌체의 오랜 수공예 역사가 살아 있는
중요한 동네이다. 종이, 나무, 조명, 가죽, 도자기 등 크고 작은 공방과 스튜
디오가 즐비해 있다. 피렌체 중심지의 화려한 관광지와는 달리 차분하고
중후한 느낌의 상점들이 가득 차 있다. 이곳을 더욱 특별하게 만드는 것은
예술가들의 식사와 카페 문화를 책임지는 현지 식당과 바들이다. 아주 저
렴한 가격으로 식사할 수 있는 곳도 많다. 피렌체 역사 지구에서 10분 거리
에 있지만 피렌체 토박이들의 현재를 살펴보고 싶다면 가볼 만한 곳이다.

Coltelleria Artigianale di Fabio Figus
파비오 피구스 공방

Piazza dei Ciompi 7

올리브 나무 장인 파비오의 공방. 그의 공방이 위치한 촘피 광장
은 산 프레디아노 지역만큼이나 수공예 작품과 앤틱 문화로 대표되는 동
네이다. 길거리에 진열된 골동품이나 작은 공방들을 돌아다니며 보는 재
미가 쏠쏠하다.

보테가에 머무는
가족의 세월

　피렌체에는 보테가Bottega라고 불리는 공방들이 많다. 그곳에서 일하는 사람들은 바깥 세상의 흐름과는 상관없이 자신의 작품에 완전히 몰두하곤 한다. 나이 든 노인이 자신의 작품에 집중하는 모습을 볼 때면 존경을 넘어 경이롭기까지 하다. 그들을 보면 한 사람 한 사람의 장인 정신이 지금의 피렌체를 만들었구나 하는 생각을 하게 된다.

　작업을 자세히 보기 위해 공방에 들어가 "부온조르노Buongiorno!"라고 인사하고 싶지만, 분위기에 압도되어 나 역시 세상의 흐름을 잊고 한동안 가만히 바라보고 있게 된다. 그들이 매서운 눈빛으로 집중하고 있는 모습을 보면 나이는 숫자에 불과하다는 말이 사실일 수 있겠구나 싶다.

피렌체에서 가장 붐비는 베키오 다리에서 한 걸음만 벗어나면 아이러니하게도 가장 한적한 거리가 펼쳐진다. 인적이 드문 이 거리를 지나다 보면 놓칠 수 없는 한 가지 진풍경이 있다. 서너 평이나 될까, 아주 작은 공간에서 대여섯 명의 젊은 친구들이 손에 뭔가를 쥐고 집중하고 있는 모습이다. 벽에는 구두 모형의 가죽들이 붙어 있고 언뜻 보아도 구두 수공예가들의 공간임을 느낄 수 있다.

그곳에서 한 공방의 예술적인 분위기가 마음에 들어 들어갔다가
예상치 못한 놀라운 장면을 만났다. 한국에서 잘 알려진 한 연예인과 세
계적으로 유명한 구두 장인이 함께 작업하는 모습이 담긴 사진이 벽에
걸려 있었다.

공방 주인 아저씨는 "몇 년 전에 유명한 한국 여자 연예인이 여기
와서 우리 아버지께 구두 공예를 배웠어!"라고 말했다. 연예인 한지혜씨
가 세계적인 구두 장인을 찾아 수제화 공예를 배운 곳이 바로 여기 마니
나Mannina였다.

　　안타깝게도 그때 그 장인 할아버지는 돌아가셨고 그 공방과 가
업을 아들이 물려받아 계속 후배들에게 전수하고 있었다. 세계적으로 명
성을 떨치는 이탈리아 수제화답게 내부에는 유명인들이 방문하고 구입
한 사진들과 매체에 소개된 기사들이 잔뜩 전시되어 있었다. 공방에서
한 블록 떨어진 구두 매장에는 흰머리가 아주 지긋한 할아버지의 부인이
자리를 지키고 계셨다. 가족 모두가 할아버지의 가업이었던 구두 공예의
대를 잇기 위해 최선을 다하는 모습에 존경을 표하고 싶었다.

Mannina 마니나

공방 Via de' Barbadori 19R **매장** Via Guicciardini 16R

피렌체의 구두 장인 마니나는 1953년 베키오 다리 근처에 처음 공방을 열었다. 남성 수제화를 전문으로 하는 그는 구두를 만들 때 처음부터 끝까지 모두 손으로만 하는 작업하는 방식을 고수했고, 학생들에게 작업실을 개방해 기술들을 가르쳤다. 이 공방은 60년 넘게 같은 장소에서 같은 방법으로 유지되고 있다. 장인들이 정성스레 구두 작업에 집중하고 있는 모습은 마치 전혀 다른 세상에 온 것 같아 한참을 바라보게 된다. 공방에서 손수 만든 구두가 궁금하다면 한 블록 떨어져 있는 매장에 들러 구경해보길.

어떤 일을 하느냐가 아니라
어떻게 하느냐의 문제

금속을 다루는 사람은 페라이올로Ferraiolo,

동물 털로 옷이나 직물을 만드는 사람은 라나이올로Lanaiolo,

와인을 만드는 사람은 비냐이올로Vignaiolo,

이탈리아 전통 술 그라파를 담그는 사람은 그라파이올로Grappaiolo,

피자를 만드는 사람은 피자이올로Pizzaiolo.

놀랍게도 이탈리아에서 손으로 무언가를 창조하는 사람들은 장인의 뜻을 가진 '이올로'라는 명칭과 함께 고유한 이름으로 불린다. 재료와 작업의 종류에 따라 이 이름은 셀 수 없이 다양하다. 이탈리아 사람들이 손으로 하는 일에 얼마나 큰 가치를 부여하는지 느낄 수 있다.

뿐만 아니다. 피렌체 역사 지구에서 가장 중요한 거리로 꼽히는 곳의 이름이 비아 데이 칼차이우올리Via dei Calzaiuoli (신발 장인들의 거리)이다. 두오모 성당을 가로지르는 이 거리는 과거에 신발 장인들이 모여 있던 곳으로, 그들이 도시에서 얼마나 중요한 역할을 했는지 단적으로 보여준다.

신발 장인들이라곤 하지만, 부끄럽게도 오래전 나의 눈에는 한낱 신발을 고치는 사람으로 보였을 것이다. 하지만 이 곳의 기준으로 보면 그들은 신발이라는 작품을 가지고 자신의 기술과 재주를 사용하는 장인이다. 더욱이 다른 사람들의 발을 편하게 해주는 가치 있는 일을 하는 중요한 사람인 것이다. 모두가 이런 마인드로 사람과 직업을 대한다면 얼마나 좋을까.

　　내가 경험한 피렌체는 인간의 품격을 느낄 수 있었던 도시이다. 나는 특히 피렌체의 장인 문화를 경험하며 직업에 대해 많은 생각을 하게 되었다. 어떤 일을 하는 것이 중요한 게 아니라 어떻게 하느냐가 중요하다는 것. 피렌체 사람들은 원하는 일을 찾아서 그 일에 장인 정신을 가지고 온 마음을 다하기 때문에 내적으로 풍요롭다. 정성을 쏟는 일의 가치를 알기에 다른 사람을 판단할 때도 직업에 따라 쉽게 판단하지 않는다.

　　나이를 많이 먹기 전에 피렌체의 장인 문화를 경험할 수 있어서 정말 감사하다. 앞으로 어떻게 늙어가야 할지, 무엇에 가치를 두고 살아야할지 마음으로 느낄 수 있게 해주었으니.

오래된 물건의
마법

매주 마지막 주 일요일 촘피 광장Piazza dei Ciompi에서는 축제 같은 벼룩시장이 열린다. 촘피 벼룩시장은 오래된 것들을 진열하고 판매하는 마켓이다. 피렌체 각지에서 모인 판매자들과 벼룩시장 분위기를 즐기려는 관광객, 이탈리아의 오래된 물건들을 쇼핑하려는 현지인들로 한 달 중 가장 붐비고 활기 넘치는 하루가 시작된다.

평소에 일요일이면 문을 닫는 카페와 트라토리아Trattoria(가정식 레스토랑)도 오늘만큼은 기분 좋게 문을 열고 마켓을 방문한 사람들에게 쉼터를 제공해준다. 이 축제의 진정한 수혜자는 오래된 것을 구경하고 구입할 수 있는 동네 주민과 특이한 광경을 볼 수 있는 관광객이다. 군이 뭔가를 사지 않아도 좋다. 바쁜 일상 속에서 휴식을 누리는 것이다. 평소에 보지 못하는 옛날 물건들을 만져보고 느껴보는 경험으로 피렌체의 주말은 오늘도 즐겁다.

　　외국인인 나는 오래된 물건뿐만 아니라 그것을 구경하는 사람들, 그것을 갖기 위해 흥정하는 광경을 보며 쏠쏠한 재미를 느낀다. 물건의 면면을 보면 예전의 나였다면 거들떠보지도 않았을 오래되고 잡다한 것이다. 그것들을 한데 모아 마켓을 열고, 사람들에게 즐거움을 제공한다. 오래되거나 낡았다고 인정받지 못했던 물건들이 새로운 문화적 가치를 지니고 탈바꿈하는 순간이다.

　　우리 동네에서 조그맣게 열리는 벼룩시장이 이럴 정도이니 좀더 큰 규모로 열리는 산토 스피리토 광장과 바쏘 광장의 마켓은 외국 관광객과 동네 주민들의 방문으로 발 디딜 틈이 없을 정도이다.

피렌체의 옆 도시이자 영화 〈인생은 아름다워〉의 도시인 아레초
Arezzo의 마켓은 이탈리아에서도 가장 유명하고 전통 있는 마켓으로 꼽힌
다. 아레초에 가면 도시 관광은 하지 않아도 아레초 메인 광장의 마켓은
꼭 들러야 한다는 이탈리아 현지인들의 조언이 있을 정도이니, 말을 다
한 셈이다.

이렇게 오래된 것들이 사람들의 인기를 끄는 나라는
이탈리아가 유일하지 않을까.

피 렌 체 에 서
현 지 인 처 럼

추천하는 골동품 시장*

Santo Spirito Antique Market 산토 스피리토 골동품 시장

Piazza Santo Spirito

매월 둘째 주 일요일(8월 제외)에 산토 스피리토 광장에서 열리는
골동품 시장이다. 오래된 물건이긴 하지만 나름 가치가 있는 것이어서
고가의 물건들도 많다. 오래된 가구, 장식품, 요리 기구부터 선글라스, 빈
티지 가방 등 볼거리가 풍성하다. 마켓 구경과 함께 광장에 줄지어 있는
바에서 여유 있는 일요일 오후를 보낼 수 있다.

Fortezza Antiquaria 포르테차 골동품 시장

Piazza dell'Indipendenza

매월 셋째 주 토요일, 일요일(7, 8월 제외)에 약 100명의 이탈리아
전 지역 골동품 판매자들이 피렌체의 인디펜덴차 광장에 모인다. 피렌체
에서 가장 크게 열리는 골동품 시장으로 작은 장난감부터 전문 카메라,
서적, 고가구 등 거의 모든 품목을 구경할 수 있다. 시장이라기보다 축제
에 가까운 분위기이다. 이곳에서 이탈리아 전통 기념품을 구매하는 관광
객들도 많다.

아무것도 하지 않아도
퇴보하지 않는다

이탈리아 사람들은 옛 것에 가치를 부여하는 문화가 일상화되어 있다. 오래된 것을 바꾸고 고칠 대상이 아닌 시간을 초월한 고귀한 것으로 받아들인다. 그래서 오래된 것을 옆에 두려고 하고, 다양한 방식으로 계속 현재의 가치를 찾는다. 일반적으로 오래된 것은 촌스럽고 시대에 뒤떨어진다고 여기기 마련인데 이탈리아 사람들의 방식은 품격 있고 고급스럽다.

이탈리아 사람들은 생활의 작은 물건부터 가구, 집까지 오래전 할머니 세대가 물려준 것을 사용한다. 자신의 문화에 대한 존중과 선대를 향한 존경의 표현이 아닐까. 작은 물건도 이런 태도로 대하는데 도시나 국가 정책과 같은 큰 일을 대하는 자세 또한 다르지 않을 것이다.

　도시 얘기를 해보자면, 피렌체 사람들은 거의 아무것도 새롭게 만들지 않는다. 대신 그들의 조상들이 예전에 만들어놓은 것을 계속 보존하고 전통을 지켜나갈 뿐이다. 내가 처음 도착했던 2012년 9월의 피렌체와 지금의 피렌체는 거의 변함이 없다. 물론 관광객들이 많이 모이는 곳에 상점이 몇 개 바뀌기는 했지만 나에게 처음으로 이탈리아에서의 경험을 선사해주었던 카페, 서점, 레스토랑 등은 모두 그 자리를 지키고 있다.

　이런 상점들도 자신들의 자리를 지키고 있는데 하물며 두오모 대성당, 지금의 시청사인 메디치 가문의 베키오 궁전, 베키오 다리는 어떨까. 몇 백년간 자신들의 자리를 굳건히 지키고 있는 것은 물론, 사람들은 그것을 '있는 그대로' 소중히 여기고 지키는 데 자신들의 에너지를 기꺼이 쏜다.

세상은 더 빠르게, 더 새롭게 바뀌라고 종용한다. 아무것도 하지 않고 있으면 퇴보하는 거라고 속삭인다. 거의 모든 나라와 도시에서는 변하기 위해 새로운 플랜을 짜고 국가 정책을 기획하는데 피렌체는 그것이 다른 세상의 일인 양 자신의 자리만 굳건하게 지키고 있을 뿐이다.

쉽게 말해 이탈리아 사람들은 원래 있던 것을 그대로 내버려둘 뿐이다. 그런데 어떻게 전 세계 사람들이 이 작은 도시에 끊임없이 몰려들까. 어떻게 이것이 가능할까. 한국에서 자라온 나에게는 미스터리 같은 일이다. 서울의 6분의 1에 해당하는 이 작은 도시에 해마다 서울의 인구보다 많은 관광객이 방문한다. 관광객이 몰리는 매년 4월부터 10월까지는 관광객의 수가 거주민의 수를 압도적으로 추월한다. 심지어 피렌체를 한 번 경험한 대부분의 사람들은 이 도시를 잊지 못하고 내년, 내후년을 기약한다.

　　혹자는 말할 것이다. 그들이 있는 그대로 도시를 둘 수 있는 이유는 원래부터 너무나 아름다웠기 때문이라고. 하지만 그들은 두오모 대성당뿐만이 아니라 일반 가정집조차 오래전 지어졌던 그 모습 그대로 두었다. 두오모여서가 아니라 나의 할아버지 세대, 그 전 할아버지 세대의 손길이 남아 있는 거의 모든 것은 그대로 둔 셈이다.

　　안전에 관련된 특별한 경우가 아닌 한 이탈리아에서 오래된 건물을 부수고 새로운 건물을 짓는 것은 거의 불가능한 일이다. 그들에게 이윤을 남길 수 있다는 이유만으로 전통이 깃든 건물을 바꾸는 것은 상상할 수도 없는 일이기 때문이다.

　　그들에게 지구 반대편에서 무슨 일이 일어나는지는 중요하지 않았다. 많은 사람들이 더 많은 돈을 벌기 위해, 더 많은 관광객을 끌어들이기 위해 최고급 리조트를 짓고 오래된 것을 부수고 최신식 건물을 지을 때도 그들은 개의치 않았다.

그들은 정말로 중요한 게 무엇인지 알고 있었다.
자신들의 것을 소중히 여기고 지키는 것이
인간으로서의 자존심과 품격을 지키는 일이라는 것을
잘 알고 있었다.

경제적으로 더 부유해지고
순간적으로 더 유명해지는 것보다
훨씬 더 중요하고 고귀한 이유가
그들에겐 있었다.

피렌체가
세계 최고의 관광지인 이유

내가 경험한 바에 의하면 이곳 사람들은 처음부터 무언가를 만들 때 대충 하는 것이 아니라 오랜 준비기간과 여러 번의 시험을 거쳐 차근차근 정성을 다해서 만들어낸다. 그래서 시간은 오래 걸리지만 사람들은 그 불편함을 받아들이고 참을성 있게 기다려준다. 이런 과정을 통해서 사람들은 자연스럽게 결과물이 생기기까지의 정성과 노력을 높이 평가하고 아끼는 마음을 갖게 된다.

그것이 하나의 문화가 되어 예술가들은 조바심을 갖지 않고 창조 활동에 집중할 수 있고, 시민들은 묵묵히 기다려주는 사회적 분위기가 만들어진 것이다. 장인 정신과 시민 의식 중에 무엇이 먼저인지는 모르겠지만 두 가지가 서로 영향을 주고받으며 피렌체는 예술의 도시로 굳건한 명성을 얻게 되었다.

피렌체에 오면 르네상스 시대의 건축물과 예술 작품들이 그대로 보존되어 있어 타임머신을 타고 과거로 돌아온 것 같은 느낌이 든다. 현대의 빠른 속도에 지쳐 과거로 여행을 원하는 사람들이 끊임없이 이 곳을 찾는 이유도 여기에 있다.

자신의 문화와 뿌리를 향한 애정과 자부심이
피렌체를 세계 최고의 관광지로 만들었으리라.

Piazza & Culture

o

광장 문화에서 꽃피는 예술

아무리 피렌체의 성당들이 아름답다고는 하지만
이탈리아 사람들이 그 앞 계단에 줄지어 앉아
마치 와인 바에 와 있는 듯 우아하게
와인을 마시는 모습은 신선한 충격이었다.

트리니타 다리 위에 드러누워
햇살을 즐기는 이들의 모습은
나를 걷다가도 멈추게 했다.

나 역시 그 옆에 앉아 빛을 쬐며
잠시 머물러 있었다.

문화 도시
피렌체의 열정

쉽게 질리는 성격 탓에 한 곳에 오래 머물지 못하는 내가 이 작은
도시 피렌체에서 오래 머무를 수 있었던 건 왜일까. 걸어서 도시를 모두
돌아볼 수 있을 만큼 아담한 곳이지만 일 년 내내 이벤트와 축제들이 끊
이지 않기 때문일 것이다. 문화와 예술을 사랑하는 이탈리아 사람들에게
피렌체는 '벨리시모Bellissimo!(아름다워!)'라는 최고의 찬사가 아깝지 않은
풍요로운 도시이다.

피렌체의 일상은 예술적으로 풍요롭다. 문을 열고 나가기만 하면 크고 작은 광장에서 시민들을 위한 무료 예술 행사가 가득하다. 피렌체 전 시장인 마테오 렌치Matteo Renzi는 적극적인 문화 정책으로 시민들의 열렬한 지지를 받아 그 후 이탈리아 총리가 되는 업적을 이뤘다. 현재 시장인 다리오 나르델라Dario Nardella는 렌치를 문화 정책에서 넘어서겠다는 열정으로 열심히 하고 있다는 말이 있을 정도이니, 현지인들의 문화 생활을 위한 피렌체 시의 열정과 노력은 오늘도 계속되고 있는 셈이다.

피렌체에서는 하고 싶은 일을 할 때 돈을 필요로 하지 않는다. 누구에게나 공평하게 일상에서 예술을 즐길 기회가 주어진다. 매일 특별한 축제와 이벤트가 인간중심적인 아이디어와 정성스런 노력을 통해 만들어진다. 그러니 시민들의 일상이 내적으로 풍요로울 수밖에 없다.

영화 같은 한여름밤의
영화제

본격적인 더위가 시작되는 6월 중순쯤, 영화 〈냉정과 열정 사이〉의 명장면으로 유명한 산티시마 안눈치아타 광장Piazza Santissima Annunziata에는 두오모 돔을 배경으로 대형 스크린과 특별한 조명이 설치된다. 시민들이 시원한 여름을 보낼 수 있게 피렌체 시에서 매년 여름이면 준비하는 축제, 〈한여름밤의 영화제〉가 시작되는 순간이다.

영화의 한 장면을 재연하듯 관광객의 발걸음이 끊이지 않는 광장이지만 과거에는 고아원과 병원이 있었던 곳이라고 했다. 안눈치아타 광장의 영화제는 마치 따뜻한 엄마의 품에서 멋진 영화 한 편을 보는 듯 포근하고 다정한 경험을 선사한다.

밤 9시 30분부터 길게는 자정까지 이어지는 야외에서의 상영은 낭만적인 광장, 이색적인 영화, 그리고 열정적인 관객들의 에너지가 더해져 현실의 순간이 아닌 마치 영화의 한 장면 같다. 더위에 지쳐 힘겨운 여름을 보낼 뻔했던 시민들은 피렌체 시의 노력과 배려에 뜨거운 호응으로 답한다. 그들은 언제 더위에 힘겨워했느냐는 듯이 매일 밤 시네마를 손꼽아 기다린다.

두오모의 돔이 우뚝 솟은 멋진 풍경을 배경으로 시민들은 한 달 반 동안 매일 저녁 세계 각국의 영화를 즐긴다. 평소 극장에서 볼 수 없는 미주, 유럽의 독립 영화들은 물론 해외 영화제에서 호평을 받은 아시아, 중동 영화들까지 이 영화제를 통해 경험할 수 있다. 영화와 예술을 공부하는 이탈리아 젊은이들에게 이 축제는 가장 인기 있는 여름 축제로 꼽힌다.

스크린 앞에 간이 의자들이 놓여 있지만 축제를 제대로 즐길 수 있는 방법은 광장 계단에 자유롭게 앉아 와인 한 잔과 함께 즐기는 것이다. 사랑하는 연인 혹은 친구와 함께라면 〈한여름밤의 영화제〉는 세계 유명 영화제가 부럽지 않은 경험을 선사해주리라.

Apriti Cinema 오픈 시네마
Piazza Santissima Annunziata

피렌체의 대대적인 여름 이벤트 중 하나인 오픈 시네마는 매년 7월에 시작한다. 정확한 날짜는 해마다 다르기 때문에 6월쯤 피렌체 시 공식 홈페이지(www.comune.fi.it)를 통해 알 수 있다. 혹은 6월 중순 쯤 "Apriti Cinema Firenze 2019" 키워드로 인터넷에 검색하면 신속하게 정보를 얻을 수 있다. 밤 9시 30분에 산티시마 안눈치아타 광장에서 시작한다. 행사 기간 동안 매일 밤 영화가 무료로 상영된다. 다만 우피치 미술관 광장에서 열리는 경우도 있으니 정확한 장소와 날짜를 꼭 미리 확인하는 것이 좋다.

피에루콜라 마켓에서
농장을 만나다

'성스러운 영혼'이라는 뜻의 산토 스피리토Santo Spirito는 관광지에서 살짝 벗어난 거주 지역 올트라르노Oltrarno에 위치한 광장이다. 예술가들의 공방과 작은 로컬 바들이 옹기종기 모여 있는 아름다운 곳으로, 관광지인 두오모를 벗어나 꼭 한 번은 경험해봐야 할 곳이다.

피렌체 전통 느낌이 물씬 나는 이곳 산토 스피리토 광장에서 매달 셋째 주말이면 피렌체 시민들과 토스카나 농부들을 연결해주는 '피에루콜라 마켓La Fierucola'이 열린다.

       토스카나 지방의 수공예가와 농업 장인들의 모임인 피에루콜라 마켓을 통해 시골 장인들은 도시 사람들과 연결된다. 농업 장인들의 노력에 합당한 대가를 지불하기 위해 많은 시민들이 이 마켓을 찾는다. 그들이 직접 집에서 구워 온 쿠키, 토스카나 전통 빵, 자신의 농장에서 따온 올리브, 올리브유, 와인, 잼, 치즈 등이 피렌체 시민들의 사랑을 듬뿍 받는 날이다.

La Fierucola 산토 스피리토 피에루콜라 마켓

Piazza Santo Spirito

피에루콜라 마켓은 매월 셋째 주 일요일(8월 제외)에 산토 스피리토 광장에서 아침 9시부터 저녁 7시까지 열린다. 마켓이 서기 좋은 계절인 봄, 가을에는 산티시마 안눈치아타 광장에서도 매월 첫째 일요일에 열린다. 이 광장에서의 이벤트는 변동이 있을 수 있으므로 미리 홈페이지에서 확인해야 한다. www.lafierucola.org에 들어가면 이탈리아어로 되어 있지만 홈페이지 첫 화면 왼쪽에 이벤트 날짜가 표시되어 있기 때문에 언제 어느 광장에서 마켓이 열리는지 확인할 수 있다. 하단에 Tutti gli eventi(모든 이벤트)를 클릭하면 지난달까지 열렸던 이벤트와 앞으로 열릴 마켓을 모두 볼 수 있다.

피렌체라면 길거리 공연도
예술이 된다

피렌체 중심가에 살다 보면
길거리 음악가의 연주를 듣다가
나도 모르게 서너 시간이 흐르기도 한다.

광장에서 자유롭게 하고 싶은 음악을 할 수 있는 삶,
거리 예술을 즐기고 응원하는 사람들,
이 일상이 가능하도록 해주는 도시의 분위기와 정책들.
조화로운 삼박자에 감탄이 멈추지 않는다.

거리 뮤지션치고는 수준급인 이들은 광장 공연을 위한 피렌체 시의 쟁쟁한 오디션을 통해서 뽑힌 음악가들이다. 거리에서 펼쳐지는 자유로운 음악까지도 시의 정책으로 이루어진 것이라니, 예술 도시 피렌체에서는 작은 길거리 공연 하나도 허투루 이루어진 것이 없는 셈이다. 다시 한 번 피렌체 시의 노력에 감동하게 된다.

매일 무료로 다양하게 펼쳐지는 길거리 음악 공연은 신세계이다. 마치 길을 걷다 예상치 못하게 반가운 친구를 만나는 것만큼이나 갑작스런 일상의 기쁨이랄까. 도시 역사 지구 정중앙에 위치한 레퍼볼리카 광장이나 세계에서 가장 아름다운 다리로 손꼽히는 베키오 다리 위에서의 공연을 보게 되면 누구든 피렌체의 낭만에 흠뻑 빠지게 되리라.

석양이 지는 아르노 강을 배경으로 베키오 다리에서 이루어지는 기타 공연은 감히 최고의 공연장이라고 부를 만하다. 뮤지션 앞에 아예 자리를 잡고 앉은 자유로운 유럽의 젊은이들, 신나는 음악이 나오면 남의 시선 따위는 존재하지도 않는 것처럼 거리를 휘저으며 춤추는 커플들, 이 순간을 놓칠 세라 핸드폰으로 동영상을 촬영하는 관광객들. 이 풍경을 지켜보고 있으면 마치 내가 세상에서 원하는 것을 모두 가진 것 같은 행복을 느낀다. 각기 다른 모습으로 공연을 즐기지만 모두들 기쁨에 겨운 함박웃음을 띠고 있다. '그래, 그래서 내가 이곳에 살고 있지.' 이 도시, 피렌체에 있음에 감사하게 된다.

거리 공연을 보다 보면 예술적 영감을 주는 아주 특별한 밴드도
등장한다. 바로 피렌체 할아버지 악단이다. 깔끔한 스프라이트 셔츠에 귀
여운 멜빵 바지를 입으신, 70대가 넘는 정정한 할아버지 네 분이 트럼펫,
기타, 드럼, 그리고 직접 만든 독특한 악기를 연주하신다. 할아버지 특유
의 유머와 내공이 어울려 관광객들의 발길을 멈추게 한다. 단순히 음악
의 감동을 넘어 어르신들의 삶이 이렇게 신나고 경쾌할 수 있다니. 그들
의 열정과 용기에 젊은이들은 감동하고 존경을 표한다. 평범했던 광장은
우리와 그들을 연결해주는 특별한 공간이 된다.

피렌체 거리의 예술가.
그들은 전혀 초라해 보이지 않는다.
풍경만으로도 예술이 되는 피렌체의 후광 때문일까.
이곳에서 예술은 일상처럼 자연스럽다.

열려 있지만
언제나 머물 수 있는 곳

내가 살고 있는 도시에 나만의 아지트가 있다는 건 참 좋은 일이다. 좋은 사람과 만날 때 함께 시간을 보내고 싶은 장소가 있다는 것. 더군다나 그 장소가 언젠간 사라져버릴 공간이 아닌 시간이 지나도 변함없이 존재할 곳이라면.

피렌체에서 나만의 아지트는 아이러니하게도 모두에게 열려 있는 피아차Piazza (광장)이다.

단테 동상이 있는 산타 크로체 광장Piazza Santa Croce, 베키오 궁전 앞 시뇨리아 광장Piazza della Signoria, 피렌체의 가장 중심지인 레퍼볼리카 광장Piazza della Repubblica, 그리고 피렌체에서 가장 활기찬 로컬 지역으로 꼽히는 산탐브로조 광장Piazza Sant'Ambrogio과 산토 스피리토 광장Piazza Santo Spirito.

금요일 저녁이 되면 나만의 '광장 피크닉'이 시작된다. 준비해 온 와인과 맥주를 들고 광장 계단에 앉아 친구, 연인과 한 주 동안 나누지 못했던 이야기로 그 주를 마무리하는 날이다.

어떤 고급 와인 바와 견주어도 손색 없는 광장에 머무르며 나는 마치 시간이 멈춘 것 같은 순간을 보낸다. 소중한 사람, 와인과 함께하기에 삶에 영감을 주는 이야기들이 피렌체의 광장에서 꽃핀다.

피렌체의 예술은
바로 우리 모두의 앞마당이자 아지트인
광장에서부터 시작되는 셈이다.

아침부터 저녁까지 광장에서 즐기기[*]

1   산탐브로조 Sant'Ambrogio 동네에서
빵으로 아침 식사를

산탐브로조는 관광객들 사이에서 벗어나 이탈리아의 감성을 가까이에서 느낄 수 있는 동네다. 피렌체에서 여유 있게 머물면서 피렌체 토박이들, 피오렌티니Fiorentini의 삶을 엿보고 싶다면 산탐브로조를 경험해보길 추천한다. 두오모 성당을 뒤에 두고 보르고 알비치Borgo degli Albizi 거리를 지나 피에트라 피아나Via Pietra Piana 거리에 들어서면 드디어 산탐브로조 동네가 시작된다. 이 길의 끝에 자리한 산탐브로조 성당은 화려하고 웅장하기보다는 동네 주민들을 정겹게 맞아주는 따뜻하고 소박한 곳이다. 또한 이 동네에는 피렌체 대학교의 건축학과와 문학과 캠퍼스가 있어 종일 학생들의 움직임으로 분주하고 활기가 넘친다. 덕분에 산탐브로조에서는 젊은 감각의 펍, 카페, 레스토랑을 저렴한 가격에 즐길 수 있다.

Mercato di Sant'Ambrogio 산탐브로조 마켓

Piazza Ghiberti

1873년부터 지금까지 이어져 온 피렌체의 전통 시장. 매일 아침 7시부터 오후 2시까지(일요일, 공휴일 제외) 문을 연다. 아침 일찍 시장에 나가면 그날 공수해 온 신선한 야채와 과일을 사기 위해 나온 주민들을 볼 수 있다. 판매자들은 피렌체 근교에서 소규모로 직접 가꾸고 재배한 친환경 채소들을 매일 아침 가져와서 파는 농부들이다. 시장 건물 안으로 들어서면 또 다른 장이 펼쳐진다. 수제 파스타부터 이탈리아 전통 햄인 프로슈토, 살라미 그리고 이 동네에서 가장 유명한 베이커리 중 하나인 키코Panificio Chicco에서 직접 만든 디저트까지. 그야말로 시장에서 이탈리아 음식 기행을 할 수 있다. 내부에는 캐주얼하게 식사할 수 있는 식당과 바도 있어 전형적인 피렌체 스타일 식사를 즐길 수 있는 곳이다.

Gilda 질다

Piazza Ghiberti 40R

산탐브로조 바로 옆에 있는 레스토랑 겸 바. 아침이면 직접 만든 케이크와 파이, 코르네토 등이 한 테이블 가득 진열되어 있어 원하는 걸 직접 골라 먹을 수 있다. 햇살 좋은 날 야외 테이블에 앉아 카푸치노와 직접 고른 케이크로 만족스러운 하루를 시작해보자.

Nencioni 넨초니

Via Pietra Piana 24

피렌체에서 가장 유명한 베이커리 장인 중 하나인 넨초니 가족
이 운영하는 베이커리 겸 바. 아주 작은 공간이지만 산탐브로조 동네의
상징답게 아침 식사를 하기 위해 모인 사람들로 북적인다. 가장 유명한
것은 사케르 케이크^{Torta Sacher}. 오후 시간대가 비교적 한가한 편.

Enoteca alla Sosta dei Papi 파피 와인 바

Borgo La Croce 81R

직접 병을 가지고 와서 와인을 리필해 가는 이탈리아 전통 스타
일의 와인 바다. 고급 와인은 아니지만 일상적으로 마실 수 있는 저렴하
고 맛있는 와인이라 주민들에게 인기가 많다. 저녁이 되면 많은 학생들
과 주민들이 이곳에서 와인 한 잔과 간단한 크로스티니^{Crostini}(다양한 토핑
을 얹은 작은 빵)를 즐기며 담소를 나눈다. 저렴한 가격과 맛있는 와인 덕
에 빈 테이블을 찾기 어려울 정도이다.

2　　촘피 광장Piazza dei Ciompi에서 피자로 저녁 식사를

촘피Ciompi는 오래전 양털로 옷을 짜던 노동자를 뜻하는 단어로, 촘피 광장은 그들을 기념하는 의미에서 만들어졌다. 때문에 촘피 광장 거리에는 수작업을 하는 장인의 공방들이 줄지어 있다. 특히 크로체 거리Borgo La Croce에는 작은 공방들과 전통 베이커리, 와인 바, 인테리어 가게들이 가득하다. 피렌체 최고의 피자 가게 두 곳이 이곳에 있다.

Il Pizzaiuolo 피자이우올로

Via dei Macci 113R

현지인들이 피렌체 피자의 상징으로 꼽는 피자이우올로는 거의 모든 고객이 현지인인 만큼 맛에서는 확실히 보증된 곳이다. 주말 저녁에 이곳을 찾는다면 이탈리아 사람들이 어떻게 피자를 즐기는지 경험할 수 있을 것이다. 맛도 맛이지만 가게 내부가 피자의 도시 나폴리의 분위기와 비슷해 제대로 피자를 즐기는 기분을 느낄 수 있다.

Che Ti Garba 케 티 가르바

Borgo La Croce 87R

자유롭고 흥에 겨운 피렌체 사람들의 모습을 볼 수 있는 크로체 거리에 자리잡고 있는 피자 가게이다. 전통적인 이탈리아 피자 화덕을 앞에 두고 능수능란하게 피자를 구워내는 젊은 피자이우올로들의 모습이 지나가는 사람들이 이목을 끈다. 야외 테이블에 옹기종기 앉아 먹음직스러운 피자를 먹고 있는 사람들을 볼 수 있을 것이다. 피렌체의 젊은 피자 장인들의 실력을 이곳에서 꼭 즐겨보길 추천한다.

Fiore & Toscana

。

반려견 피오레와 토스카나 전원 생활

꽃의 도시 피렌체,
나의 피오레

피렌체는 꽃의 도시이다. 피렌체라는 이름은 꽃이라는 뜻의 이탈리어 피오레Fiore에서 유래했다고 한다. 피렌체 두오모 성당의 돔이 꽃처럼 솟은 모습을 바라보면 피렌체가 왜 꽃의 도시인지 느낄 수 있다. 두오모 성당의 원래 이름도 산타 마리아 델 피오레Santa Maria del Fiore라고 하니, 피오레라는 단어를 떠나서는 피렌체를 설명하기 어려운 셈이다.

처음 반려견을 맞이했을 때, 내가 사랑하는 도시 피렌체와 연관된 이름을 짓고 싶었다. 생후 3개월 된 잉글리시 세터English Setter가 내 인생에 들어왔을 때 직감적으로 떠오른 이름이 바로 피오레였다.

나의 반려견 피오레는 바로 피렌체 그 자체인 것이다.

　'피오레, 피오레' 부를 때마다 내가 사랑하는 피렌체의 많은 것이
한꺼번에 느껴지는 것 같아 좋다. 이탈리아 사람들은 피렌체에 걸맞는
최고의 이름이라며 피오레를 보고 함박 미소를 짓는다.

이탈리아의
성숙한 반려견 문화

피렌체에 살면서 반려견을 키울 수 있었던 이유는 이탈리아의 성숙한 반려견 문화 덕분이다. 예술과 미식의 나라라는 화려함에 가려져 이탈리아의 반려견 문화는 잘 알려지지 않은 편이다. 하지만 내가 살아 본 이탈리아는 반려견 문화가 이미 오래전부터 자연스럽게 정착된 나라 이다. 동물을 향한 성숙한 시민들의 배려를 도시 곳곳에 느낄 수 있다.

피렌체에서 반려견들은 사람들이 하는 모든 것을 함께하고 모든 곳에 같이 갈 수 있다. 상점에서 주인과 함께 쇼핑을 나온 개들을 일상적 으로 볼 수 있고, 레스토랑에서 테이블 옆에 얌전히 앉아 있는 개들을 보는 것도 어렵지 않다. 지나가는 반려견을 위해 상점 주인이 내놓은 물그 릇도 쉽게 발견할 수 있다.

이곳 사람들은 반려견을 만나기 전에 마치 곧 아이를 낳을 예비 엄마가 된 것처럼 생활습관을 고치고 반려견에 대해 공부한다. 나 역시 피오레와 가족이 되기 전에 내가 보호자가 되어 한 생명을 키우는 일이기 때문에 설렘과 긴장을 안고 이곳 사람들과 마찬가지로 공부를 시작했다.

　　그렇게 피오레를 키우게 된 지 얼마 안 됐을 때의 일이다. 반려견을 실내로 데려가는 일에 아직 적응이 되지 않아 레스토랑 문 앞에서 망설이면서 서성거리고 있었다. 하지만 주인아주머니는 아무렇지 않은 듯 반갑게 우리를 안으로 안내해주셨다. 피오레도 상황을 파악했는지 얌전히 테이블 아래 자리를 잡았다. 반려견과 레스토랑에 함께 있는 게 익숙치 않았던 나는 혹시나 피오레가 실례를 하지나 않을까 노심초사했다.

　　그때 주인아주머니는 "여기까지 걸어오느라 목말랐겠네!" 하시며 피오레에게 차가운 물을 담은 물그릇을 건네주셨다. 한낮의 산책에 지쳤던 피오레는 물을 벌컥벌컥 들이켰고 나는 몇 번이고 감사 인사를 전했다. 처음 보는 강아지에게 이런 친절을 베풀다니. 강아지를 하나의 존중받아야 할 소중한 생명체로 대하는 모습에 가슴이 찡했다. 그 이후로 나는 어떤 상점이나 레스토랑에 가더라도 어색함이나 주저함 없이 피오레와 함께하게 되었다.

어눌한 반려견을 만나도
놀라지 않기

피렌체에서는 세련된 이탈리아 사람들이 어딘가 어눌하고 불편해 보이는 개와 함께 다니는 모습을 많이 보게 된다. 세상의 기준에서 보면 그다지 '예쁘지 않은' 개들을 보며, 처음에 나는 '사람들에 비해 이탈리아 개들의 인물은 참 별로네.'라는 생각을 할 정도였다. 하지만 시간이 지나면서 나는 알게 되었다. 이탈리아 사람들은 외국에서 버려진 유기견을 입양하는 경우가 많다는 것을.

그러자 오랫동안 궁금했던 의문들이 풀리기 시작했다. 카페에서 자주 만나는 멋들어진 중년 여성 옆엔 늘 덩치가 큰 반려견이 있었다. 그 개는 이유 없이 초조해하고 사람들이 지나갈 때마다 움찔하며 불편한 기색을 보였다. 눈에는 두려움이 가득 차 있었지만 한편으로는 애정을 갈구한다는 것도 느낄 수 있었다. 용기 내어 그 개를 쓰다듬어주다가 주인과 자연스럽게 얘기를 나누게 되었다. 그 개 역시 다른 나라에서 버려진 유기견을 입양한 경우였고, 그렇기 때문에 사람의 애정을 원하면서도 두려워한다고 했다. 그녀는 반려견이 정신적으로 건강해지는 데는 아마 시간이 오래 걸릴 테지만 버려진 개를 보듬고 사랑을 주는 것이 자신이 해야 할 일이라고 말했다. 꾸준히 노력하면 나아질 것이라고 말하며 긍정의 미소를 띤 채 반려견을 따뜻한 손길로 쓰다듬었다. 그 개는 연신 주인의 눈만 바라보며 한 발자국도 떨어지지 않았다.

　　진정으로 성숙한 사람의 모습이란 바로 이런 게 아닐까. 이런 마음이야말로 한 생명을 키울 수 있는 자격이 되는구나, 하고 생각했다. 순간의 호의가 아닌, 생명에 대한 무조건적인 애정과 책임감을 바탕으로 끝까지 보살피려는 자세. 한 번 버려졌던 유기견들은 정서적인 문제로 애착을 형성하는 데 보통의 개보다 더 많은 애정과 노력이 필요함을 이곳 사람들은 잘 알고 있다. 더 큰 어려움을 감수하고도 아름다운 선택을 하는 사람들을 보면서 마음속 깊이 존경과 경의를 표하게 되었다.

치로와
코시모

───────────

피오레로 인해 이어진 인연도 있다. 피렌체에서 피오레를 산책시킬 때마다 자주 만나는 검은 레바도르가 있었다. 개 이름은 '치로'. 친구 사귀기에 까다로운 피오레는 신기하게도 이 개를 볼 때마다 마치 헤어진 연인을 다시 만난 것처럼 반가워했다. 그러다 보니 자연스럽게 치로의 주인과 이야기를 하게 되었다. 알고 보니 우리가 자주 마주쳤던 이유는 그가 베키오 다리 근처에 사는 이웃사촌이기 때문이었다. 그의 이름은 피렌체 토박이답게 메디치 가문이 연상되는 '코시모'.

코시모는 피렌체의 전통 예술가 마을인 보르고 산 프레디아노 Borgo San Frediano 출신으로, 의자를 만드는 목수이자 수공예가라고 자신을 소개했다. 피렌체의 성당을 자신의 스타일로 재해석해 만든 의자들로 전시회를 열기도 하고, 클라이언트의 주문에 맞게 소규모로 생산해 팔기도 한다고 했다.

그는 피렌체 토박이답게 피렌체의 주요 성당인 두오모 산타 마리아 델 피오레, 산타 크로체, 산토 스피리토에서 작품의 영감을 받는다고 했다. 그런 그가 만든 의자에 앉으면 마치 피렌체의 성당 한가운데 앉아 있는 기분이 들지 않을까.

피오레와 산책 나온 길에서 어김없이 만난 코시모는 요즘 피렌체 시와 협업하여 새로운 프로젝트를 시작했다고 한다. 곧 그의 공방에서뿐만 아니라 피렌체의 주요 광장에서 그의 작품들을 만나볼 날이 올 것이다.

조금 기다려주고,
조금 배려해주는 일

이탈리아의 성숙한 반려견 문화에 아직 완전히 익숙치 않은 나는 여전히 한국에 있을 때와 같은 행동을 할 때가 많다. 한 예로 피오레가 갑자기 길거리에서 실례를 하는 바람에 차들이 가던 길을 멈춘 적이 있다. 클랙슨이 빵빵 울리진 않을까 노심초사해서 "피오레! 빨리빨리!" 하며 목줄을 끌고 다그쳤다. 하지만 이곳 사람들은 아무 말 없이 피오레를 기다려주고, 일이 끝나자 오히려 반갑게 손인사를 하며 떠났다.

　　식당에서도 옆 테이블에 앉은 손님들에게 피오레가 방해가 되지
않을까 걱정돼서 목줄을 내 쪽으로 힘껏 당기고 있으면, 옆에 앉은 사람
들은 괜찮다며 오히려 목줄을 풀고 자유롭게 놔두라고 말해준다. 이탈리
아에서 개는 하나의 소중한 생명체로, 사람과 거의 동등한 위치로 여겨
진다. 나의 개가 다른 사람들에게 피해를 줄까 걱정할 때마다 이곳 사람
들은 반려견을 인간의 동반자로 받아들여 주고 하나의 생명으로서 존중
함을 행동으로 보여준다.

우리나라에서는 언제쯤 마음 편히 피오레와 함께 카페와 레스토
랑에 갈 수 있을까. 반려견 동반이 가능한 장소가 늘어났다고는 하지만,
주변의 눈치를 보게 되어 이탈리아에서만큼 편하지 않을 것이다. 언젠가
는 피오레와 같이 자연스럽게 버스를 타고 기차 여행도 하고 싶다. 함께
산 후로 이제는 나의 가족이 되어버렸는데, 우리나라에 반려견 문화가
널리 정착될 때까지 데려올 수 없다는 게 안타깝다. 피오레가 많이 늙기
전에 그날이 오길 간절히 바란다.

피렌체는 어느 한 곳도
그냥 지나칠 곳이 없다.

피렌체는 역사 지구의 처음부터 끝까지 구석구석 살펴볼 가치가 있는 도시이다. 아름다운 도시 피렌체를 제대로 경험하는 가장 좋은 방법은 아무래도 '오래 머무르면서 살아보기'라고 말하고 싶다. 이 도시를 완벽하게 느끼기 위해 내가 택한 방법은 '자주 이사다니기'였다. 짧게는 6개월, 길게는 1년. 집 계약이 끝날 때마다 피렌체의 새로운 지역을 경험해보고 싶어 도시 곳곳으로 이사를 자주 했다.

처음엔 피렌체 중심가에서 살짝 벗어난 조용한 예술가 동네, 보르고 산 프레디아노Borgo San Frediano로. 그다음엔 피렌체의 가장 로맨틱한 심장인 베키오 다리 옆. 그리고 단테Dante의 동상이 맞아주는 산타 크로체 성당 주변 지역이었다.

떠나자,
토스카나로!

그러나 누군가 인간의 마음은 간사하다고 했던가. 매일 아침 나에게 경이로운 설렘을 주던 두오모 성당이었는데, 하루는 그곳을 지나며 무감각한 나를 느끼게 되었다. 피렌체의 구석구석을 사랑하는 나이지만, 이제는 변화가 필요하다는 것을 직감적으로 알았다.

순간적으로 이런 생각을 하게 되었다.

'아! 더 이상 도시 중심가에서 살고 싶지 않아!
도시에서 살짝 벗어난 전원 주택을 알아보자.
그래, 토스카나 시골 마을!
나도 평소에 전원 생활에 로망이 있었고,
피오레 역시 도시의 빌딩보다는
시골의 전원주택을 좋아할 테니!'

도시에서 한참 밖에서 뛰어 놀아도 집에 들어오기만 하면 울상
을 지으며 또 나가자고 문 앞을 서성거리던 피오레의 모습이 눈앞에 아
른거렸다.

포도밭 옆
노란 빌라에 살다

피오레와 함께 버스를 타고 바뇨 아 리폴리Bagno A Ripoli라는 지역
에 도착했다. 피렌체 중심가에서 15분 정도 걸릴 뿐인데 벌써 이런 시골
풍경이 펼쳐지다니.

모든 길이 오솔길처럼 작고, 올리브 나무가 가득찬 정원이 끝
없이 펼쳐진다. 와인을 직접 생산하기도 하는지 커다란 포도밭이 빌라
입구와 연결되어 있다. 마음에 쏙 드는 노란 빌라 앞에 서니 '라 라마La
Lama'라는 아기자기한 이름표가 붙어 있다.

'아, 이제 토스카나 전원 생활 시작이구나.'

바질과
로즈마리가 자라는 시간

자연과 가까운 일상을 살다 보니
모든 일에 여유가 생겼다.
햇빛을 받으며 피오레와 뛰어노는 것이
전원생활의 첫 일과였다.
작은 식물들을 돌보고
천천히 요리를 하는 여유도 생겼다.

토스카나에 머물면서 나는 바질과 로즈마리를 직접 가꾸고 최대한 자연과 가까운 삶을 살게 되었다. 매주 화요일과 금요일에는 동네 농부 부부가 여는 마켓에 가서 그들이 재배한 감자와 고추, 호박 등 지역 먹거리를 사왔다. 그곳에서 토스카나 농부들의 삶도 엿보고, 농사에 대한 새로운 시각도 가지게 되었다. 무엇보다 건강한 식재료들을 일상적으로 구할 수 있다는 사실이 신기했다. 토스카나산 마늘과 고추로 알리오올리오 파스타를 뚝딱 만들어내는 건 스스로도 믿기 힘든 변화였다.

토스카나
예찬

토스카나에 머무르기 전에 나는
전원생활에 대한 환상이 가득했다.
이곳에 살면서 직접 경험해보니,
그건 환상이 아닌 진짜였다.
외국에 살면서 기대와 실제 삶의 간극이
이렇게 적은 경험은 처음이었다.

심지어 내가 상상했던 것보다 토스카나의 풍경과 생활은 훨씬 더 낭만적이고 여유롭고 풍요로웠다.

화려하지 않아도, 무언가를 많이 사거나 소비하지 않아도 자연을 보며, 내가 먹을 채소들을 직접 키우며, 산책을 하며, 맛있는 음식을 먹으며 마음이 평화롭고 풍요로워져 이게 정말 행복이구나 싶은 때가 많았다.

　　영화 〈토스카나의 태양 아래서〉를 보았을 때부터 축복받은 자연, 심플하면서도 풍요로운 음식과 와인, 여유로운 일상에 매료되어 '나도 한 번 토스카나 전원에서 살아보고 싶다.'라는 작은 소망이 항상 내 마음 속에 자리잡고 있었다.

　　그럼에도 라이프스타일을 바꾸는 일은 큰 결단을 필요로 했는데, 상상에만 머물렀던 나의 작은 바람이 피오레를 키우면서 현실이 된 셈이다. 내 인생에 피오레가 중요한 존재가 되어갈수록, 너른 잔디밭에서 뛰어노는 피오레의 행복한 모습을 간절히 보고 싶었다.

토스카나는 이탈리아 사람들뿐만 아니라 전 세계 사람들이 사랑
하는 지역이다. 와인과 올리브 오일의 최대 생산지답게 포도밭과 올리브
나무밭이 끝없이 펼쳐진다. 농촌이 이토록 풍요롭고 멋질 수 있다는 것
을 바로 이곳 토스카나에서 배웠다.

지중해 지역 특유의 너그러운 자연에
사람들의 건전한 '농부 마인드'가 완벽하게 결합한
이탈리아의 천국, 토스카나.
끌리는 대로 어디든지 드라이브만 하면
눈앞에 펼쳐지는 활기 넘치는 전원 마을.
수채화보다 더 색감이 좋은 자연의 풍광들.

나는 토스카나를
'세계에서 가장 축복받은 땅'이라고
칭송하지 않을 수 없었다.

피 렌 체 에 서
현 지 인 처 럼

피렌체에서 훌쩍 다녀오는
토스카나 시골 여행[*]

토스카나 시골 지방 여행에 최적의 시기는 4월부터 6월 말까지 그리고 9월부터 10월 초까지이다. 7월 중순부터 8월 말까지는 살인적인 더위가 시작되기 때문에 아름다운 풍경을 제대로 감상하기 어려우니 추천하지 않는다.

1 1~2일 코스
짧은 시간 안에 피렌체 근교의 토스카나 전원 지방을 둘러보고 싶다면

하루나 이틀 정도 피렌체 근교에 있는 토스카나 전원 지방을 경험하고 싶다면 키안티 지역을 추천한다. 피렌체에서 약 30km 떨어진 곳으로, 차로 약 30~40분을 달리면 이내 전원 풍경이 펼쳐진다. 토스카나의 대표적인 와인인 키안티가 생산되는 지역으로 와인과 토스카나 전통 미식을 모두 즐길 수 있는 곳이다. 각 마을이 차로 10분~20분 정도로 근접해 있기 때문에 하루 정도면 전부 돌아볼 수 있다.

코스 A　　피렌체 → 그레베 인 키안티Greve in Chianti → 판자노Panzano → 라다 인 키안티Radda in Chianti → 볼파이아Volpaia

· 그레베 인 키안티 Greve in Chianti

키안티 지역의 그레베라는 뜻으로, 매년 9월에 열리는 키안티 와인 축제로 유명한 곳. 그레베 외곽의 포도밭 풍경을 즐긴 후에는 역사 지구의 메인인 마테오티 광장Piazza Matteotti에서 토스카나 마을을 구경할 수 있다. 광장에 줄지어 있는 와인가게와 가정식 레스토랑 그리고 토스카나 전통 베이커리를 즐기는 재미가 쏠쏠하다.

· 판자노 Panzano

키안티 지역의 다른 도시들처럼 원래 명칭은 판자노 인 키안티Panzaono in Chianti이지만, 그냥 판자노라고 불린다. 그레베에서 남쪽으로 10분 정도 떨어진 곳에 있으며 유명 와이너리가 많아 직접 와인 생산 과정을 구경할 수 있다.

· 라다 인 키안티 Radda in Chianti

그레베와 함께 키안티를 대표하는 마을. 그레베 역사 지구에서는 광장을 중심으로 마을을 구경하는 재미가 있다면 라다의 역사 지구에서는 중세시대 성벽을 따라 천천히 걷는 재미가 있다.

· 볼파이아 Volpaia

성벽으로 둘러싸인 신비한 느낌의 작은 중세도시. 이 작은 도시 안에서 생산되는 특별한 키안티 와인이 바로 도시 이름을 딴 볼파이아 와인이다. 앞선 지역에서 포도밭과 와이너리, 시골 풍경을 경험했다면 볼파이아에서 부유하고 고급스런 와인 생산 도시를 경험해보길.

2   3~4일 코스

시간적인 여유를 갖고 토스카나 지방의 가장 아름다운 지역들을 천천히 둘러보고 싶다면

3박 4일 정도 시간을 낼 수 있다면 시에나^{Siena}와 시에나 남부 지역을 둘러보는 것이 좋다. 몬탈치노는 피렌체에서 약 2시간 정도 떨어져 있는 곳으로, 피렌체에서 곧장 가는 것보다 시에나 지역의 도시를 구경한 후 시에나에서 몬탈치노로 향하는 것을 추천한다.

코스 B	A코스를 마치고 → 시에나Siena → 몬탈치노Montalcino → 산 퀴리코 도르차San Quirico D'orcia → 바뇨 비뇨니Bagno Vignoni → 피엔차Pienza → 몬테풀치아노 Montepulciano → 피렌체

· **몬탈치노**Montalcino

시에나에서 몬탈치노로 내려가는 길에 토스카나가 자랑하는 사이프러스 나무와 끝없이 펼쳐지는 포도밭의 전경을 즐길 수 있다. 몬탈치노에서는 토스카나 최고의 와인이자 이탈리아에서 다섯 손가락 안에 꼽히는 브루넬로 디 몬탈치노 와인이 생산된다. 몬탈치노의 풍경을 둘러본 후 역사 지구를 거닐고 와인 바에서 토스카나 전통 파니니와 함께 브루넬로를 한잔 마셔보자.

· **산 퀴리코 도르차**San Quirico D'orcia

몬탈치노에서 몬테풀치아노로 가는 길에 있는 작은 마을. 토스카나에서 가장 멋진 풍경을 자랑하는 곳이기에 최고의 사진을 남기기 위해 전 세계 포토그래퍼들이 모인다. 늦봄과 초가을까지는 생동감 넘치는 초록빛의 향연을 즐길 수 있고 가을에는 황토빛의 전원 느낌이 물씬 풍긴다.

· **바뇨 비뇨니**Bagno Vignoni

토스카나의 온천 마을. 오래전부터 학자들이 치료를 위해 바뇨 비뇨니에 들렀을 정도로 온천욕의 효과가 있다고 전해진다.

· **피엔차**Pienza

토스카나에서 가장 예쁘고 아기자기한 소도시로 손꼽히는 곳. 이탈리아 특유의 낭만과 생동감이 넘치면서도 정겨운 느낌의 도시이다. 아직 잘 알려지지 않은 탓에 관광지의 때가 묻지 않았기 때문에 토스카나의 정수를 경험해보고 싶다면 늦기 전에 피엔차의 매력에 빠져보길.

· **몬테풀치아노**Montepulciano

몬탈치노와 함께 토스카나에서 꼭 경험해야 할 양대 산맥으로 불리는 언덕 도시. 몬테풀치아노의 노빌레 와인은 몬탈치노의 브루넬로 와인과 함께 토스카나를 대표하는 와인이다. 도시 내에는 고대, 중세, 르네상스 시대의 건축물이 즐비해 관광의 즐거움이 배가 된다. 이곳에서 바라보는 산 퀴리코 도르차의 풍경은 놓치지 말아야 할 장관이다.

EPILOGUE

피렌체에 살면서
노력하지 않는 법을 배웠다.

노력하지 않음이 최고의 노력인 것을.

전에는 나를 바꾸려고 노력하고,
그게 안 되면
나를 있는 그대로 받아들이려고 노력하고
나랑 사랑하려고 노력했다.

하지만 노력할수록 그 마음은 곧 무너져 내렸다.

노력하려 한다는 것이,
하기 싫음을 의미한다는 것을 이탈리아에 살면서 느꼈다.

이곳에서 나는 노력하지 않는다.

그 대신
삶의 매 순간에 집중하고 최선을 다한다.

혼자면 혼자인대로
함께 있으면 함께인대로
흐름에 맞춰, 매 순간을 소중히 여긴다.

인생과 경험의 흐름에 나를 맡기고
순간순간을 즐기는 것이다.

삶을 내어놓고 즐기기 때문에
나 자신과의 관계도 편안하고 행복하다.

노력할 필요도 없고,
바꿀 필요도 없다.

내게 주어진 모든 경험과 사람들에
집중하고 감사한다.

그것이 피렌체가 나에게 준
최고의 선물이니까.

샬레트래블북

이천일의 휴가

초판 발행 2019년 7월 10일

글, 사진 | 김예름
펴낸곳 | ㈜샬레트래블앤라이프
펴낸이 | 강승희 강승일
출판등록 | 제313-2009-66
주소 | 서울시 마포구 서교동 어울마당로 5길 26. 1~5F
전화 | 02-323-1280
판매문의 | 02-336-8851 shop@chalettravel.kr
내용문의 | travelbook@chalettravel.kr
디자인 | 최윤선
일러스트 | 이고은
ISBN 979-11-88652-14-3 03810
값16,000원
CHALET Travel Book은 ㈜샬레트래블앤라이프의 출판 브랜드 입니다.

www.chalettravel.kr